ro
ro
ro

ro
ro
ro

Hortense Ullrich

1000 Gründe, ~~nicht~~ Amor zu spielen

Rowohlt Taschenbuch Verlag

Originalausgabe
Veröffentlicht im Rowohlt Taschenbuch Verlag,
Reinbek bei Hamburg, September 2007
Copyright © 2007 by Rowohlt Taschenbuch Verlag,
Reinbek bei Hamburg
Lektorat Silke Kramer
Umschlagillustration und Reihengestaltung
Birgit Schössow
Umschlaggestaltung any.way, Barbara Hanke
Satz Minion Postscript, InDesign,
bei KCS GmbH, Buchholz bei Hamburg
Druck und Bindung Druckerei C. H. Beck, Nördlingen
Printed in Germany
ISBN 978 3 499 21406 6

Für Leandra
und Allyssa

Inhalt

1. Kapitel, in dem Sanny eine Beschattung organisiert

«Wie fändest du es, Sanny, wenn Hubertus ständig mit einem Mädchen aus der Theatergruppe rumhängen würde?»

«Sehr merkwürdig, weil Hubertus gar nicht in der Theatergruppe ist», antwortete ich.

«Darum geht es jetzt doch nicht. Dann hängt er eben ständig mit einem Mädchen aus seinem Physikkurs oder Sportkurs rum oder was immer er sonst so macht», entgegnete Liz ungeduldig.

«Das tut er nicht. Ganz sicher nicht. Das wüsste ich.» Plötzlich durchzuckte mich ein heißer Schreck. Oder vielleicht doch?! Vielleicht wollte mir meine Freundin Liz ja nur auf schonende Weise etwas beibringen. Ich packte sie am Arm. «Okay, was weißt du? Sag schon. Ich ertrage die Wahrheit. Ich werde keinen Aufstand machen.»

Liz sah mich irritiert an. «Na ja, gestern nach der Theaterprobe hat sich David wieder mit Jennifer im Eiscafé ge…»

«David? Wer redet denn hier von David?!», unterbrach ich sie.

«Na, ich die ganze Zeit. David hängt dauernd mit einem anderen Mädchen rum.»

«Und was hat das mit Hubertus zu tun?»

«Nichts.»

«Hubertus trifft sich also nicht mit anderen Mädchen?», fragte ich nach.

«Woher soll ich das wissen? Er ist doch dein Freund.»

«Na, eben hast du noch gesagt ...»

«Ich wollte doch nur, dass du dich in meine Situation hineinversetzen kannst», schimpfte Liz.

Ich atmete auf. «Gott sei Dank. Für einen Moment hast du mich aber ganz schön nervös gemacht.»

Ich war wirklich erleichtert. «Was ist, wollen wir jetzt in die Stadt gehen?»

Liz sah mich ärgerlich an. «Hallo-ho, jemand zu Hause? Sanny, ich hab hier echt ein Problem, und ich dachte, meine beste Freundin würde mir da vielleicht beistehen wollen.»

«Okay, entschuldige, klar. Dann fass nochmal zusammen, aber lass Hubertus aus dem Spiel.»

Liz seufzte. «David hängt seit einiger Zeit dauernd mit Jennifer, einem Mädchen aus der Theatergruppe, rum, geht mit ihr Eis essen und so.»

«Und hast du ihn darauf angesprochen?»

«Ja, er meinte, das wäre nur wegen des neuen Stückes. Und da es eine größere Produktion sei, wäre auch viel zu besprechen, und deshalb müsste man sich öfter treffen.» Liz starrte kurz vor sich hin, dann brach es aus ihr heraus. «Ja, sicher. Wer soll denn das glauben? Das kann er seiner Großmutter erzählen!»

«Und wenn er recht hat?», fragte ich.

«Was?!»

«Na, wenn die beiden echt nur über die Produktion sprechen? Ich meine, solange du nicht wirklich weißt, was die beiden da reden oder tun, brauchst du dich auch nicht so aufzuregen. Bring erst mal in Erfahrung, was da wirklich läuft.»

«Pah, na da solltest du diese Jenny aber mal sehen...» Liz stutzte und sah mich einen Moment nachdenklich an. Dann nickte sie und strahlte mich an.

«Super, Sanny! Das ist *die* Idee! Und dass ausgerechnet du mal einen sinnvollen Rat in Liebesangelegenheiten parat hast, ist zwar erstaunlich, aber trotzdem danke.»

Während ich noch überlegte, ob ich mich jetzt über das Lob freuen oder mich beschweren sollte, stand Liz auf. «Gut, wir sehen uns dann morgen pünktlich um vier vorm Theater.»

«Wer wir?» Ich sah mich suchend in meinem Zimmer um, konnte aber außer uns beiden niemanden entdecken.

«Du und ich.» Sie deutete erst auf mich, dann auf sich. Okay, damit wäre das geklärt. Nächster Punkt: «Und warum?»

«Um deinen wundervollen und weisen Rat in die Tat umzusetzen.»

Ich wünschte, ich müsste noch über das «wer» nachdenken, denn jetzt wurde es immer undurchsichtiger. Auch wenn mir der «weise Rat» gefallen hatte.

«Und wie genau stellst du dir das vor?», versuchte ich unauffällig herauszubekommen, was ich da wohl eben für einen Rat gegeben hatte.

«Genau so, wie du es gesagt hast. Wir beschatten David und finden auf diese Weise heraus, ob ich recht habe oder ob die beiden wirklich nur über die Produktion reden.»

Liz ging, ich saß etwas überrumpelt da und nahm mir

vor, in Zukunft nicht mehr so schnell Ratschläge zu erteilen.

«Warum bekomme ich eigentlich meine Post immer erst als Letzter zu sehen?!» Das war die Stimme meines Vaters. Sie klang ziemlich verzweifelt.

Das passiert öfter, seit er und meine Mutter die Jobs getauscht hatten; sie leitet jetzt unser Architekturbüro, er versucht den Haushalt in den Griff zu bekommen. Während meine Mutter ihren Job durchaus mit Bravour erledigt, ist mein Vater von der ersten Sekunde an mit seiner Aufgabe völlig überfordert gewesen. Das konnte er natürlich nicht zugeben, und wir, mein Zwillingsbruder Konny und ich, versuchten das Schlimmste durch die Einstellung einer Haushälterin zu verhindern. Das klappte ganz gut, zumindest in der Zeit, in der Ludmilla da war. Ludmilla war resolut, tatkräftig, mit einer doppelten Portion gesundem Menschenverstand ausgestattet und aus Minsk. Letzteres war sicher der Grund dafür, wieso sie nicht die Bohne einzuschüchtern war.

Jetzt beklagte sich mein Vater mal wieder über die Postzustellung in unserem Haus. Das war in der Tat nicht so einfach, denn wenn mein kleiner Bruder Konny (ja, bei uns gibt es einen großen und einen kleinen Konny) die Post durch einen Piratenüberfall auf den Postboten zuerst in die Finger bekam, passierte es immer wieder, dass er sie erst mal als Beute deklarierte und in unserem oder dem Nachbargarten vergrub.

Wenn man Glück hatte, tauchten die Briefe wieder auf, und zwar durch die Gartenumgrabe-Aktivitäten von Konnys Hund Puschel, einer riesigen Mischung aus Fell und Klobürste. Wenn nicht … tja, wer braucht schon regelmäßig Post.

Die zweite Möglichkeit, seine Post in diesem Hause zu verlieren, war, wenn mein großer hirnamputierter Zwillingsbruder Konny sie zuerst in die Finger bekam. Die beiden Jungs hatten zwar unterschiedliche Namen, Konstantin und Kornelius, aber sie nannten sich beide Konny, vermutlich nur, um den Rest der Familie vollständig in den Wahnsinn zu treiben.

Wenn also der große Konny die Post zu fassen bekam, wurde sie erst mal als Untersetzer, Lesezeichen oder Ähnliches verwendet.

Ich ging der Stimme nach und fand meinen Vater im Flur, vor Puschel kniend, der einen Brief voller Erde im Maul hielt und anscheinend nicht wirklich bereit war, seinen Fund herzugeben. Mein Vater hatte den Brief schon insoweit identifiziert, dass er seinen Namen auf dem Adressfeld lesen konnte. Jetzt versuchte er den Absender zu entziffern.

Ganz klar, der Mann brauchte Hilfe.

«Puschel aus!» Ich nahm dem Hund den Brief aus dem Maul und gab ihn meinem Vater.

Der sah mich ziemlich beleidigt an. «Wieso funktioniert das bei dir und bei mir nicht?»

Ich zuckte die Schultern. Es war sicher keine gute Idee, jetzt in Details zu gehen.

Mein Vater öffnete leicht angeekelt den Brief, ich ging wieder in mein Zimmer. Kurz vor meiner Tür stoppte mich ein lauter Schrei.

«Nein!»

Was war jetzt wieder passiert? Hatte man in diesem Haus nie seine Ruhe? Ich drehte mich rum und ging zurück zu meinem Vater.

«Das ist ja schon heute.» Mein Vater starrte völlig fassungslos auf den Brief.

«Was ist denn?»

«Wir bekommen Besuch. Heute. Von Frank und seinen Kindern.»

«Und wer ist Frank?» Die Nachricht schien ihn ja echt geschockt zu haben.

«Ein Studienkollege, er hat eine Amerikanerin geheiratet und lebt in Los Angeles. Und er war immer eine Spur besser als ich, dieser blöde Angeber.» Jetzt kam wieder Leben in meinen Vater. Er sprang auf.

«Und ausgerechnet jetzt ist eure Mutter nicht da», schimpfte er.

Er war sowieso nicht sehr erbaut davon, dass meine Mutter mit unserem Architekturbüro an einer Ausschreibung mit Wettbewerbspräsentation teilnahm und deshalb für ein paar Tage verreist war, weil ihm nun die ganze Verantwortung für uns übertragen worden war. Albern eigentlich, er war eh nicht in der Lage, Verantwortung für drei Kinder und einen Hund zu übernehmen, aber er tat zumindest so.

Plötzlich lächelte er. «Okay, das schaffen wir auch alleine. Wir werden alles vorbereiten, und wir werden eine super Familie mit super Haus und super Einkommen sein. Alles klar?!», fragte er kämpferisch, dann lief er los.

Wow, na das konnte ja nur schiefgehen.

2. Kapitel, in dem Konny
verzweifelt
ein Mädchen sucht

«Ach lass nur, Konny!»

«Hey, ich hab mich echt bemüht», verteidigte ich mich.

«Nein, ist schon in Ordnung! Ich mach dir keinen Vorwurf.» Kai schluckte tapfer.

Ich sah mich suchend um, was völlig überflüssig war, denn das Mädchen war nicht mehr zu sehen. «Vielleicht hat sie nur was vergessen und kommt gleich wieder?», versuchte ich meinen Kumpel Kai aufzumuntern.

Kai schüttelte den Kopf. «Nein, gib's auf. Das wird nichts. Ich finde kein Mädchen, das mit mir zum Schulball will», meinte er traurig. «Dann gehe ich eben nicht. Ist eh ein völlig bescheuertes Thema: Berühmte Paare.»

Ich klopfte ihm aufmunternd auf die Schulter. «Hey, wer wird denn so schnell aufgeben? Du vergisst, dass ich auch noch da bin.»

«Ich will aber nicht mit dir dahin gehen, ich will mit einem Mädchen zum Ball.»

«So hab ich das ja auch nicht gemeint. Ich besorg dir ein Mädchen. Kein Problem.»

Kai deutete in die Richtung, in die das Mädchen mit einem empörten «Ich glaub's ja wohl nicht!» verschwunden war. «Das war ein Mädchen, das du mir besorgt hast. Sie ist weg.»

Hm. Vielleicht war die Idee, wildfremde Mädchen anzusprechen und zu fragen, ob sie gerne für einen Abend mal Dornröschen sein und sich von einem Traumprinzen wachküssen lassen wollen, doch nicht so gut. Vor allem nicht, wenn Kai direkt daneben steht und ganz und gar nicht wie ein Traumprinz lächelt, sondern guckt wie 'ne Kuh, wenn's donnert.

«Ach was, das sind kleine Rückschläge, davon darfst du dich nicht beeindrucken lassen. Immerhin hast du es hier mit einem absoluten Profi zu tun. Sieh mal, ich hatte meine Begleiterin in null Komma nix.»

«Das war nicht schwer. Du hast einfach deine Freundin gefragt.»

Okay, stimmt, obwohl selbst das nicht richtig einfach war. Sarah, meine Freundin, war nämlich etwas genervt, weil ich mich angeblich immer mit irgendwelchen Geschichten aus allem herausschwindeln würde. Keine Ahnung, was sie damit meint. Auf alle Fälle hatte es mich schon ein wenig Überredungskunst gekostet, sie dazu zu bewegen, mit mir auf den Ball zu gehen. Aber das wollte ich nun Kai nicht gerade auf die Nase binden.

«Wir müssen einfach unsere Strategie verfeinern, dann klappt es. Weißt du, jeder Fehlschlag bringt uns unserem Ziel ein wenig näher.»

Hey, ich bin ein echter Philosoph. Das hätte eben mal meine Zwillingsschwester Sanny hören sollen, die nennt mich nämlich immer einen hirnlosen Holzkopf.

Kai schüttelte den Kopf. «Momentan bringt uns jeder Fehlschlag nur dem Veranstaltungstermin näher. Außerdem fürchte ich, bis unsere Strategie ausgereift ist, haben wir schon alle Mädchen gefragt. Und überhaupt, was ist unsere Strategie? Im Einkaufszentrum stehen und Mädchen auflauern?»

«Also bitte, wir stehen nicht einfach nur im Einkaufszentrum, wir stehen vor einem Schmuckladen. Der Ort ist sehr genau und sorgfältig ausgesucht. Hier findest du die meisten Mädchen.»

Kai seufzte und vergrub die Hände in den Hosentaschen.

«Hey, Jungs, was macht ihr denn hier?» Felix stand plötzlich hinter uns.

«Mädchen suchen», grummelte Kai.

«Ich sehe, du bist in den Händen des Meisters», grinste Felix spöttisch in meine Richtung.

«Ja, das ist er, und bald wirst vermutlich auch du meine Hilfe brauchen, wenn du feststellst, dass dir noch 'ne Begleiterin für den Schulball fehlt.» Felix gehörte mit Kai zusammen zwar zu meinen besten Freunden, aber manchmal konnte der Junge echt nerven. Vor allem dann, wenn er meine Wirkung auf Mädels in Frage stellte. Und das tat er unerklärlicherweise ziemlich oft.

«Das wird wohl nicht passieren», lachte er. «Ich hab schon 'ne Begleiterin.»

«Echt?!», fragten Kai und ich wie aus einem Mund.

«Wie ist das denn passiert?», wollte ich wissen.

«Sie hat mich einfach gefragt.»

«Sie ... dich?!»

Felix nickte.

«Wow, gratuliere», meinte Kai richtig ehrfürchtig.

«Also das ist ja wohl echt etwas zu einfach», meckerte

ich. «Ich meine, sich von einem Mädchen fragen zu lassen ...»

«Ich würde mich gerne von einem Mädchen fragen lassen», meinte Kai aufgeregt. «Hey, Felix, zeigst du mir, wie man das macht?»

«Geht jetzt leider nicht, ich bin mit ihr verabredet. Wir besprechen das Kostüm für den Ball.»

«Ihr trefft euch hier im Center?» Kai verdrehte sich fast den Hals beim Wild-hin-und-her-Schauen.

«Nein, bei ihr zu Hause», murmelte Felix.

«Also, falls sie nicht hier wohnt, muss ich dir leider sagen, dass du dich verlaufen hast», informierte ich ihn.

«Danke, aber ich bin schon genau da, wo ich sein wollte. Ich muss vorher noch was erledigen.»

«Okay, wir kommen mit», meinte Kai. «Ich hab eh keine Lust mehr, auf Mädchen zu warten, die Konny ansprechen will.»

«Na hör mal», reklamierte ich.

Aber Kai blieb hart: «Nicht, solange wir unsere Taktik noch nicht verfeinert haben.» Dann wandte er sich an Felix: «Was musst du denn erledigen?»

»Ach, nichts Besonderes.» Felix wurde rot. «Ich ... muss nur noch eben in den Blumenladen.»

«Du bringst ihr Blumen mit?», rief Kai aufgeregt. «Das ist ja clever. Vielleicht wäre das ja auch eine Taktik-Verfeinerung für uns?»

«Erst, wenn du ein Mädchen gefunden hast», knurrte ich. Kais plötzliche Verehrung für Felix in Frauenfragen begann mich zu nerven.

«Wir finden schon jemanden.»

«Und was, wenn nicht? Vielleicht sollten wir doch sicherheitshalber mit Felix zusammenarbeiten.» Kai war nicht mehr zu bremsen.

Felix hatte wieder eine normale Farbe angenommen und grinste mich dreist an. Ich ignorierte ihn und klopfte Kai lässig auf die Schulter.

«Wir finden ein super Mädchen für dich. Das Beste überhaupt. Klar?! Verlass dich auf mich. Du musst nur sagen, mit wem du zum Ball gehen willst, und ich besorg sie dir. Ist 'ne Kleinigkeit für mich.»

«Schade, dass ich wegmuss», feixte Felix. «Das würde ich gerne sehen.»

«Vergiss deine Blumen nicht!», rief ich ihm zu.

Felix ging, und ich überredete Kai, es für heute gut sein zu lassen. Es war einfach kein guter Tag, um ein Mädchen zu finden. Vielleicht morgen.

3. Kapitel, in dem Sanny Hubertus zu einer Verkleidung überreden will

«Ich hab hier mal 'ne Liste gemacht: Meine erste Wahl wären Marie und Pierre Curie.»

Ich drückte Hubertus einen Zettel in die Hand, ging zum Kühlschrank, holte ein paar übrig gebliebene kalte Pizzareste raus, stellte sie auf den Tisch und setzte mich ihm gegenüber auf den Stuhl.

Er sah etwas irritiert auf die kalte Pizza und meinte: «Aha, das verbirgt sich also hinter deinem großzügigen Angebot: ‹Du kannst bei uns zu Abend essen›.»

«Ich hab vergessen, dass Ludmilla heute frei hat und mein Vater fürs Abendessen zuständig war. Dann gibt es leider nie was. Außerdem hast du bereits den ganzen Teller mit diesen kleinen Schnittchen und dem Kram verputzt. Mehr ist nicht mehr im Kühlschrank.»

Hubertus zuckte die Schultern und nahm ein Stück kalte Pizza. Dann widmete er sich meiner Liste und fing an zu lesen. Sein entspannter Gesichtsausdruck verflog recht schnell. Seine Augenbrauen zogen sich bedrohlich zusammen. «Das ist nicht dein Ernst?»

«Doch, sicher! Marie Curie war eine außergewöhnliche Frau, sie hat zweimal den Nobelpreis bekommen und war die erste Frau, die in Paris an der Sorbonne Physik unterrichtet hat.»

«Sehr beeindruckend», gab Hubertus zu.

«Also sind wir uns einig.»

«Stopp, nicht so schnell. Ich dachte ehrlich gesagt an ein etwas romantischeres Paar.»

«Marie und Pierre haben zusammen den Nobelpreis bekommen.»

«Sicher auch sehr romantisch, aber ich dachte vielleicht doch eher an so ein Paar wie Romeo und Julia.»

«Das findest du romantisch?»

Hubertus war etwas verwirrt. «Ja, sicher.»

«Toll, die beiden sind tot.»

Jetzt sah Hubertus noch verwirrter aus. «Ich glaube nicht, dass Pierre und Marie noch leben, wenn das also das Maß für Romantik ist ...»

«Nein, die beiden leben auch nicht mehr, aber Romeo und Julia haben ihre Liebe nicht überlebt. Was willst du mir also damit sagen?»

Hubertus war für einen Moment sprachlos.

«Romeo hat sich selbst vergiftet, als er dachte, Julia wäre tot, und Julia hat sich dann, nachdem Romeo tot war, selbst erstochen, wie immer das auch gehen soll. Also, willst du mich loswerden, oder was?»

«Himmel, nein!»

«Was soll dann dein Vorschlag?!»

«Ich wollte nur was echt Romantisches vorschlagen, und die beiden sind die romantischsten Verliebten in der Geschichte. Und überhaupt, du tust ja gerade so, als ob ich Susi und Strolch vorgeschlagen hätte.» Hubertus ging zum Schmollen über.

«Susi und Strolch?»

«Die beiden Hunde aus dem Disney-Film, die sich verlieben.»

«Na toll, dann soll ich vermutlich auch noch dankbar sein, dass du nicht Daisy und Donald Duck vorgeschlagen hast, oder Olivia und Popeye. Oder Tarzan und Jane.»

«Kermit und Miss Piggy», ergänzte Hubertus.

«Was?!»

«Nein, nein … ich meine, nur der Vollständigkeit halber.» Er kam zu mir, setzte sich neben mich und nahm mich in den Arm. «Lass uns darüber nicht streiten. Wir finden schon noch ein berühmtes Liebespaar, in das wir uns für einen Abend verwandeln wollen.»

«Also, ich hab schon eins gefunden …»

Bevor ich dieses Thema noch weiter vertiefen konnte, küsste mich Hubertus. Und es funktionierte, ich hörte auf der Stelle auf, mit ihm zu streiten.

«Wir könnten als Sanny und Hubertus gehen.»

«Und wofür wären wir berühmt, für merkwürdige Namen, wie Kassandra Kornblum und Hubertus Hollstein?»

Hubertus lachte. «Es gibt schlechtere Gründe, berühmt zu sein.» Er sah auf die Uhr. «Okay, ich muss jetzt los. Das mit den Kostümen und den Personen, die da reingehören sollen, machen wir ein anderes Mal, okay?»

«Okay.» Ich nickte, stand auf, steckte ihm meine Liste in die Tasche, während er sich ein weiteres Stück Pizza mit auf den Weg nahm, und brachte ihn zur Haustür.

In einer Stunde etwa würde der merkwürdige Freund meines Vaters hier auftauchen, kann nicht schaden, wenn ich ein wenig aufräume, so von wegen *super* Familie, *super* Haus und so weiter.

«Und das sind deine Zwillinge? Die sehen sich aber gar nicht ähnlich.» Ein lautes Lachen begleitete diese wenig witzige Bemerkung. Leider gefolgt von einem herablassenden Über-den-Kopf-Streichen, was die Situation nicht gerade entspannte.

«Zum Glück», antworteten Konny und ich im Chor und entzogen unsere Köpfe der Hand dieses Dummschwätzers.

Jetzt verstand ich, warum Paps gerne etwas früher gewusst hätte, dass sein «alter Freund» kommt. Vermutlich hätte er alles zusammengepackt und wäre mit uns untergetaucht.

«Und das hier ist meine Tochter Kelly», dröhnte Frank weiter und zog ein affektiert wirkendes, blondes Mädchen in Konnys und meinem Alter nach vorne. Sie verdrehte die Augen und sah ziemlich gelangweilt aus. «Sie hat schon ein paar Misswahlen gewonnen und etliche Model-Verträge angeboten bekommen.»

Mein großer Bruder ging sofort in Flirthaltung und grinste sein idiotischstes Grinsen.

«Ach Paps, lass doch, die können hier bestimmt nichts damit anfangen», winkte Kelly ab, und sofort kam in mir das Bedürfnis auf, wirklich rechtzeitig untergetaucht zu sein.

Frank legte Kelly und mir den Arm um die Schultern. «Ihr beiden werdet euch gut verstehen. Du kannst 'ne Menge von Kelly lernen, während sie hier ist», meinte er zu mir und lachte wieder viel zu laut.

«O Paps, bitte! Ich hab Ferien.» Kelly sah leidend zur Decke.

«Vielleicht kann ich dir ja auch etwas beibringen», ver-

23

suchte sich der große Konny ins Gespräch zu bringen. Dabei blinzelte er so stark, dass ich mir überlegte, ob man Puschel wohl auch als Blindenhund ausbilden könnte.

«Und das wäre was?», fragte Kelly von oben herab.

«Nun, wir schauen einfach mal.»

Kelly verdrehte erneut die Augen und trat wieder einen Schritt zurück in Richtung Haustür. Bestimmt hätte sie am liebsten wieder kehrtgemacht, aber ihr Vater hatte wohl andere Pläne. Wir standen immer noch im Flur, unser Vater hatte uns gerufen, als der «gute alte Frank» kam, und seither hatten wir uns noch nicht von der Stelle bewegt. Wahrscheinlich war mein Vater nicht wirklich bereit, ihn ins Haus zu bitten.

«Okay, und hier haben wir unseren kleinen Racker, Rob.» Frank stellte sein Kind Nummer zwei vor. Rob war etwa in Kornelius' Alter, und der kleine Konny stürmte auch sofort zu Rob und schüttelte ihm ziemlich heftig die Hand. Ich hatte für einen Moment das Gefühl, der kleine Konny mochte die Familie ebenfalls nicht und versuchte, Rob den Arm auszukugeln. Aber das täuschte, der Kleine war doch ehrlich begeistert, Besuch zu haben. «Das ist sooo toll, dass du da bist! Ich kenne niemanden in meiner Größe.»

Frank schaute meinen Vater etwas fragend an, doch der zuckte nur die Schultern.

«Hi», meinte Rob. «Ich bin Amerikaner.»

«Hi», antwortete der kleine Konny. «Ich bin Pirat.»

Der kleine Rob sah seinen Vater fragend an. Der lachte wieder schallend. «Ein Pirat, sieh mal an.»

«Und das ist Puschel, er ist mein Piratenhund», ließ sich Konny nicht aus dem Konzept bringen.

«Kleine Brüder sind wirklich eine Freude», probierte Konstantin seine Ich-mag-kleine-Geschwister-Masche bei Kelly.

«Sie sind die Pest», antwortete die. «Ich weiß echt nicht, was man an ihnen finden kann.»

Tja, das konnte ja ein netter Besuch werden. Ich hoffte nur, er dauerte nicht zu lange.

«Okay, dann sollten wir vielleicht einfach erst mal ... ähm ... ins Wohnzimmer gehen ... und dann, ähm ... vielleicht eine Kleinigkeit essen», schlug mein Vater nervös vor. «Sanny, würdest du das Essen wohl holen? Ist alles schon fertig, steht im Kühlschrank.» Ich schluckte. «Ein relativ großer Teller mit vielen kleinen Vorspeisen und Häppchen und so drauf?»

Mein Vater nickte. Er war etwas ungeduldig. «Sanny, du kannst ihn nicht verfehlen, es ist das Einzige, was im Kühl...», er unterbrach sich, korrigierte, «... es ist von Schlemmerling.» Dann blickte er Frank an: «Der hiesige Delikatessenladen. *Man* kauft dort ein.»

Ich starrte meinen Vater hilflos an und bewegte mich nicht von der Stelle.

«Kelly kann dir ja dabei helfen», versuchte er mich zu animieren.

«Nein, danke», winkte die ab. «Ich riskier doch nicht einen abgebrochenen Nagel, um Essen auf den Tisch zu schleppen.» Sie ging zum Sofa und ließ sich dort malerisch nieder.

«Ja, ja ... sicher, dann hilft dir Konstantin.»

Ich schaute den großen Konny flehend an. «Ja, bitte hilf mir!»

«Ach, ich pass lieber auf Kellys Nägel auf», sagte er und ließ sich lächelnd neben Kelly auf das Sofa fallen.

Die rückte sofort etwas ab.

«Das kann sie bestimmt auch ganz prima alleine», informierte ich ihn und schnappte mir sein Ohr, sodass der Rest von Konny ziemlich schnell hinter mir her in die Küche kam.

«Hey, hast du sie noch alle?», beschwerte er sich in der Küche.

«Ich schon, aber Barbie mit ihren kostbaren Fingernägeln und der gepachteten Langeweile ja wohl nicht. Ich habe ein Problem.»

«Hey, Schwesterchen, bist du eifersüchtig?», grinste der Idiot.

«Und worauf?»

«Na ja, da ist diese unglaublich gut aussehende Blondine ...»

«Mit dem Benehmen eines Wildschweins.» Ich murmelte: «Ich hoffe, die Wildschweine verzeihen mir diesen Vergleich.»

Konny rieb sich sein Ohr. «Also, was soll das, kannst du nicht die paar Teller alleine ins Esszimmer bringen?»

«Nein. Ich brauch deine Hilfe. Es gibt nämlich kein Essen mehr im Haus, der Teller mit den Häppchen und dem Kram ... also, ach egal, jedenfalls ist nichts mehr da.»

«Wow», machte Konny, «das ist wirklich ein Problem. Wenn du willst, sag ich Paps gerne, dass du das Essen für die Gäste – ja, was denn? – verschusselt hast? Gegessen hast?»

«Konny, du bist ein Scheusal! Kannst du nicht ein Mal, nur einziges Mal ein *netter* Bruder sein?!»

Für kurze Zeit sah es so aus, als würde er ernsthaft darüber nachdenken. Dann meinte er: «Nee. So macht's mehr Spaß.»

Bevor ich was sagen konnte, drehte er sich um und ging zurück ins Wohnzimmer. «Paps, wegen der Häppchen ...»

Ich erschien mit angstgeweiteten Augen ebenfalls im Wohnzimmer und erwartete ergeben mein Schicksal.

Konny sah mich von der Seite an und sprach weiter: «... also, die gibt es leider nicht mehr.» Ich atmete tief ein.

Konny fuhr fort: «... unser Butler ...»

«Wer?», fragte mein Vater mit heiserer Stimme.

«... der Hund unseres Butlers ...», korrigierte sich Konny, und ich hielt mich am Türrahmen fest. «Hat leider den gesamten Teller mit den erlesenen Köstlichkeiten verputzt.»

«Ach?», machte mein Vater geplättet. «Und nun?»

«Ich hab ihn entlassen», meinte Konny großspurig und guckte Kelly an, ob er wohl Eindruck auf sie machte. Doch die hatte nur ihre Fingernägel im Blick.

«Den Hund?», fragte Frank und lachte sein lästiges Lachen.

Konny nickte. «Den auch.»

Ich kam wieder zu mir. War ja nett von Konny, dass er mir aus der Bredouille geholfen hat, aber musste er daraus wieder so 'ne Show machen?

«Wieso gehen wir nicht einfach alle zum Essen in ein Restaurant?», fragte ich.

Mein Vater war nach wie vor irritiert über den Butler, nickte aber und stand auf.

«Gute Idee», meinte Frank, «dann wollen wir mal.» Er

stand ebenfalls auf, ging zu meinem Vater und haute ihm jovial auf den Rücken. «Lass mich dir nochmal danken, für deine Gastfreundschaft und deine Großzügigkeit, mein Bester. Ich finde das famos von dir. Ich meine, ich würde das für deine Kinder natürlich auch sofort tun, wenn du mal in die Situation kommen solltest. Aber warum solltest du einen Geschäftstermin in der Gegend von Los Angeles haben?», wieder das dröhnende Lachen.

Ich sah meinen Vater fragend an, und er schien genauso beunruhigt zu sein wie ich.

«Aber das hab ich dir ja schon in meinem Brief genaustens erklärt.»

Gut, das musste wohl die Stelle sein, die man selbst beim besten Willen nicht mehr entziffern konnte. Erde, Hunde-Eckzähne und der Zahn der Zeit hatten da das Ihre getan. Selbst die Dechiffrierabteilung vom Geheimdienst hätte sich daran sicherlich die Zähne ausgebissen.

4. Kapitel, in dem Konny
von seinem Vater gebeten wird zu schwindeln

Im Halbschlaf hatte ich heute Morgen plötzlich das merkwürdige Gefühl, dass jemand auf meinem Bett saß, meinen Namen flüsterte und an meiner Schulter rüttelte. Und das Verrückteste an diesem Traum war, dass mein Vater an meinem Bett saß.

«Geh zu den anderen Gruselgestalten der Nacht», versuchte ich die Erscheinung zu vertreiben und noch ein wenig Schlaf zu bekommen.

«Was?! Also, jetzt reicht's!» Die Stimme wurde lauter und klang ganz erschreckend nach meinem Vater. Ich öffnete ein Auge und schreckte schreiend hoch.

Auf meinem Bett saß wirklich mein Vater und rüttelte an meiner Schulter. Zum Flüstern war er auch wieder übergegangen.

«Nicht so laut. Du weckst ja alle auf.»

Ich versuchte mich wieder zu beruhigen. «Hast du jetzt vor, mich immer so zu wecken, nur weil ich die letzte Woche fünfmal zu spät gekommen bin?» Und woher wusste er das bloß?

«Blödsinn.» Mein Vater schüttelte den Kopf. Dann stutzte er. «Du bist letzte Woche fünfmal zu spät gekommen? Du hattest doch nur viermal Schule?»

Mist, ich sollte mir angewöhnen, auch im Halbschlaf genau zu überlegen, was ich sagte. «An einem Tag musste ich zwischendurch nochmal weg, deshalb bin ich da zweimal zu spät gekommen», erklärte ich kurz.

«Oh», mein Vater nickte. Dann sah er mich streng an. «Weiß deine Mutter davon?»

Ich schüttelte den Kopf. «Nicht dass ich wüsste.»

«Gut, dann bleibt es auch dabei, klar?»

Ich nickte. «Klar.»

«Und du wirst in Zukunft pünktlicher sein!»

Ich nickte wieder.

«Okay», mein Vater schien beruhigt zu sein.

«Das war's?», fragte ich, denn ich hatte inzwischen festgestellt, dass ich noch gut fünf Minuten schlafen könnte.

«Nein. Ich bin aus einem anderen Grund hier. Pass auf, Sohn, ich brauche deine Hilfe.»

«Klar, Paps, kein Problem, ich bin für dich da. Mach mir einfach eine Liste, was Mam alles nicht wissen darf, leg sie mir hierhin, und ich halte dicht.»

Mein Vater sah mich panisch an. «Woran denkst du?»

«Ehrlich gesagt nur daran, noch ein paar Minuten zu schlafen.»

«Vergiss es, du musst sofort aus dem Haus.»

«Brennt es? Wieso sagst du das nicht gleich?»

Ich sprang aus dem Bett. «Feuer!»

Mein Vater fing mich ein und hielt mir den Mund zu. «Nein, es brennt nicht, und auch sonst ist nichts Gefährliches passiert. Du musst mir nur unbedingt helfen bei einer … na … sagen wir, einer kleinen Komödie.»

Ich setzte mich wieder auf das Bett und versuchte vollends wach zu werden.

Mein Vater stellte eine Flasche und eine kleine Tüte auf meinen Nachttisch. «Hier, ich hab dir Frühstück mitgebracht.»

«Malzbier und Trockenpflaumen? Das ist nicht dein Ernst.»

«Eure Mutter hat euch wirklich viel zu sehr verwöhnt», fing mein Vater jetzt wieder an zu schimpfen. Allerdings im Flüsterton. «Außerdem ist nichts anderes da. Jemand hat vergessen einzukaufen.» Da er für den Einkauf zuständig ist, konnte ich mir sparen, ihm einen Tipp zu geben, wer dieser Jemand war.

Mein Vater atmete tief durch. «Pass auf, du hast ja gestern Frank erlebt.»

Ich machte eine Geste, die alles bedeuten konnte, und starrte immer noch fassungslos auf mein Frühstück.

«Der Typ ist ein fürchterlicher Angeber und hat mich früher schon immer damit genervt, angeblich alles besser zu können. Na ja, und als er dann gestern von dem Palast erzählte, den er in Los Angeles hat – von dem Geld seiner Frau wohlgemerkt –, da ist es ein wenig mit mir durchgegangen ...» Mein Vater schwieg an dieser Stelle erst einmal.

«Ihr habt euch gestritten?»

Er schüttelte den Kopf.

«Geprügelt?»

«Junge! So was mache ich doch nicht.» Jetzt sah er wirklich beleidigt aus.

«Sorry, stimmt ja, er ist zwei Köpfe größer als du.»

«Also, wie auch immer, ich habe ein wenig die Realität verändert.»

«Was?»

«Na, Dinge etwas größer und schöner gemacht. Durch dein Butler-Gefasel kam ich drauf.»

«Wie nennst du das? Realität verändern? Das muss ich mir merken, wenn mich Sarah das nächste Mal deshalb anmeckert.» Ich grinste.

«Und deshalb brauche ich deine Hilfe.»

«Kein Problem, ich bin auch echt gut im Realitätverändern.»

«Nein, es reicht, wenn du mit in meiner veränderten Realität lebst.»

«Und was bedeutet das?»

«Du kennst die alte Jugendstilvilla am Stadtrand, die von unserem Büro gerade saniert und umgebaut wird?»

Ich nickte.

Mein Vater holte tief Luft. «Gut, sie gehört uns, und wir wohnen da. Also, wenn sie fertig ist. Bis dahin wohnen wir hier. Als Übergangslösung.»

«Wow!» Ich nickte ehrfürchtig. «Du bist gut.»

«Hey, das war so was wie Notwehr», verteidigte mein Vater sich.

«Schon klar. Ich hab damit kein Problem, nur weiß ich nicht, wie du das Mam erklären willst ...»

Mein Vater seufzte. «Vielleicht muss sie es ja nicht wissen. Alles klar? Und sag bitte Sanny Bescheid, ich hab sie heute Morgen nicht mehr erwischt. Geht sie eigentlich immer so früh zur Schule?»

«Nur wenn sie zur ersten Stunde Unterricht hat.»

«Okay.» Mein Vater ging zur Tür. «Und wann hast *du* Schule?»

«Auch zur ersten, wir gehen in die gleiche Klasse.»

«Oh. Na dann mach dich auf die Socken!»

«Gibt's sonst noch was, was ich wissen müsste? Ich meine, über unser neues Leben?»

Mein Vater überlegte, schüttelte dann langsam den Kopf. «Nein, erst mal nichts. Ach ja, bis auf die Tatsache, dass ihr immer mit einem Chauffeur zur Schule gefahren werdet. Und deshalb musst du jetzt auch schnell und leise aus dem Haus, bevor dich jemand auf dein Fahrrad steigen sieht.»

Irgendwie imponierte mir mein Vater tatsächlich immer mehr.

5. Kapitel, in dem Sanny beinahe die Wahrheit sagt

Als die Schule aus war, überlegte ich ernsthaft, *nicht* nach Hause zu gehen, denn es hatte sich gestern Abend herausgestellt, dass der «gute alte Frank» und seine Kinder nicht vorhatten, heute bereits wieder abzureisen. Und mein Vater hatte immer noch nicht den Mut gehabt, Frank zu fragen, was er hier tut und vor allem wie lange er tut, was immer er tut. Wir wussten nur: Während dieser Zeit weilte die Mutter der Kinder auf einer Wellnessfarm, um sich vom Stress der Kindererziehung zu erholen. Nun ja.

Ich wusste nicht, wohin, also ging ich doch heim. Wenn meine Mutter zurückkam, würde sie vielleicht eine Regelung finden, die weniger schmerzhaft für uns alle wäre. Meinen Vater hatte ich aufgegeben, er war diesem Frank ausgeliefert.

Zu Hause empfing mich Frank mit den Worten, wie schön es sein müsste, in so einem alten Haus zu wohnen.

Was sollte das denn?! Unser Haus war eines der neusten in der Straße. Hatten wir Besuch aus der Zukunft?

«Ehrlich gesagt, so alt finde ich das Haus nicht.»

«Ja, sicher, wenn es modernisiert ist ...»

Frank nahm ein Foto vom Tisch und sah anerkennend darauf. «Es muss Spaß machen, in so einem Haus zu wohnen.»

Ich sah auf das Bild. «Ja, der Besitzer findet es sicher klasse.»

Alle Köpfe drehten sich zu mir. Mein Vater wedelte wild in der Luft herum.

«Was? Wer wohnt denn da?» Was wollte er denn jetzt schon wieder von mir. Auch Konstantin machte merkwürdige Zeichen, während Frank mich erstaunt ansah.

«Sanny ist so ein Witzbold. Wir haben jede Menge Spaß mit ihr», lachte mein Vater gequält.

Jetzt war ich völlig verwirrt. Mein Vater sah Konny fragend an. Der formte nur lautlos die Silbe: «Ups!»

Mein Vater horchte Richtung Küche, doch da war nichts zu hören. Mein Vater schien jedoch das bessere Gehör zu haben: «Ludmilla hat uns gerufen!», meinte er und sah mich und Konny auffordernd an.

«Uns alle drei?», fragte ich misstrauisch. Statt einer Antwort zog mich mein Vater in die Küche.

Konny kam hinter uns hergelaufen.

«Sorry, hab ich echt vergessen, Paps», meinte Konny.

«Wenn man sich einmal auf dich verlässt», meckerte mein Vater.

«Wem Sie das sagen», mischte sich Ludmilla, unsere unerschütterliche Haushälterin, ein.

«Was hier los? Große Sammlung von Familie?»

Mein Vater schüttelte den Kopf: «Nein, nur eine *kleine* Familienversammlung.»

Dann wandte er sich an mich. «Also, pass auf: Wir sind irre reich, ihr fahrt mit Limousine und Chauffeur zur Schule, und wir wohnen eigentlich in der alten Jugendstilvilla, die eure Mutter gerade saniert. Alles klar?»

«Spätestens jetzt ist nichts mehr klar.» Ich sah Konny hilfesuchend an.

«Diesmal hab ich damit nichts zu tun», verteidigte er sich.

«Probst du für ein Stück?», fragte ich meinen Vater.

Er reagierte nicht.

«Ist Paps jetzt in so einer Laienschauspieltruppe?», wollte ich von Konny wissen.

Ludmilla lachte laut auf. «Das ich wollen sehen», sagte sie mit ihrer dröhnenden Stimme mit russischem Akzent.

«Ich will einfach nur, dass du dir das merkst und gegenüber Frank und seinen Kindern genau das sagst.»

«Was!?»

«Der gute Frank hat Paps wohl gestern etwas zugesetzt mit seinem L.-A.-Geplauder von Palästen und Rolls-Royce. Da hat er ein wenig die Realität verschoben.»

«Befinden wir uns jetzt in einem Paralleluniversum? Hat Paps zu oft Raumschiff Enterprise gesehen?», erkundigte ich mich besorgt.

«Es ist doch nur, solange Frank und die Kinder hier sind. Also bitte, tu es für mich, ja, Sanny?»

«Was Sie denken Sie hier machen?», mischte sich Ludmilla finster ein.

«Entschuldigen Sie, wir sind sofort wieder aus ihrer Küche draußen», beeilte sich mein Vater zu sagen.

«Da, das auch, aber ich meine Reden von Dingen, die nicht sein wahr.»

«Was?» Mein Vater sah sie verwirrt an.

«Sie gerade sagen Chinder, sie sollen sagen Wahrheit, die nicht wahr.»

«Ach das, wissen Sie, das ist nur wegen meinem Freund, nicht weiter wichtig», versuchte er abzuwiegeln.

«Sie sagen Chinder, sie sollen sagen, was nicht sein wahr?!» Ludmilla blieb unerbittlich.

«Das ist nur 'ne kleine Notlüge.» Mein Vater kam ins Schwitzen.

«Sie sein schlechte Bild vor.»

«Das ist ein elender und völlig nerviger Angeber», versuchte sich mein Vater zu rechtfertigen.

Ludmilla nickte. «Da, und das sein Grund, warum Sie jetzt sind nerviger Angeber?»

«Also, so kann man das aber nicht sehen ...», protestierte mein Vater.

Ludmilla sah ihn eisig an und hob nur kurz die Augenbrauen.

Das brachte meinen Vater zum Zusammenzucken.

«Ludmilla, können Sie denn nicht einmal auf meiner Seite sein», flehte mein Vater sichtlich verzweifelt.

«Das ich sein, wenn ich fahren in Minsk Ski in Wasser von Fluss Swislatsch in Rock von Mini.»

«Das wird wohl nie sein, was?», fragte mein Vater kläglich in unsere Richtung.

Ich nickte, und Konny klopfte ihm auf die Schulter. «Mich kann sie auch nicht leiden», flüsterte er ihm zu.

Ludmilla sah ihn finster an. «Und jetzt raus aus meine Kieche. Wie ich soll machen fertig Essen, wenn ich nicht haben Ruhe?!»

Wir flüchteten wieder nach draußen.

Dort hatte sich jetzt auch Kelly mit den beiden Kleinen eingefunden.

«Das mach ich nie wieder», beschwerte sich Kelly leidend. «Dieser scheußliche Hund ...»

«Puschel ist nicht scheußlich!», rief der kleine Konny und machte sich für einen seiner berühmten Beintritte bereit. Mein Vater schnappte ihn sich schnell.

«Na, wie auch immer, dieser Hund hat uns überall hingezogen, und dann kam da diese schreckliche Frau aus dem Nachbarhaus, die etwas von ‹verschwinden, meine Petunien und nicht schon wieder› rief. Sie kam drohend mit einem Rechen auf uns zu, da sprang dieser Hund an mir hoch, warf mich um, und ich hab mir einen Nagel abgebrochen.»

Sie hielt ihre Hand anklagend hoch. Frank ging sofort zu ihr, nahm sie in den Arm und tröstete sie.

«Puschel wollte dich retten», brüllte der kleine Konny ärgerlich. «Er ist nämlich nicht nur ein Piratenhund, sondern auch ein Rettungs- und Schutzhund!»

Kelly sah trotzig zu ihrem Vater und meinte: «Nun sag schon was!»

«Prinzessin, so ist das hier in der Provinz nun mal. Ich hab euch doch extra mitgenommen, damit ihr mal seht, wie andere Menschen leben. Und vielleicht seht ihr ja dann auch endlich mal ein, wie gut ihr es habt.»

Jetzt konnte ich meinen Vater verstehen. Und ich war kurz davor, noch eine Yacht in unsere verschobene Realität einzubringen.

«Essen fertig, setzen!», sagte Ludmilla, die wohl schon eine Weile in der Tür gestanden hatte, so finster, wie sie Kelly und Frank anblickte.

Wir marschierten sehr langsam und widerstrebend zum Esstisch.

«Papi, ich werde Farmer mit Tieren», verkündete der kleine Konny. «Rob bringt mir das bei.»

«Ach wirklich?», seufzte mein Vater überfordert. «Schön, macht das mal.»

«Und du erlaubst das?», fragte Konny nach.

«Aber sicher», winkte mein Vater großzügig ab. «Alles, was du willst.» Er sah abwartend zu Frank.

«Du kannst keinen besseren Lehrer finden als Rob. Gute Wahl», nickte Frank dem kleinen Konny zu.

Ludmilla stand mit einer großen Suppenterrine in der Hand vor dem gedeckten Tisch und sah uns auffordernd an.

Frank sah zu Ludmilla, anschließend zu meinem Vater. «Gutes Personal ist immer noch so schwer zu finden, was?»

Zu Ludmilla sagte er betont langsam und überdeutlich: «Ich bin schon sehr gespannt, was es gibt, gute Frau. Was ist das denn?»

«Rezept aus meine Heimat.»

Frank beugte sich zu meinem Vater. «Aus *ihrer* Heimat?! Das kann man doch bestimmt nicht essen. Die Leute da sind doch so arm, die müssen alles Mögliche zusammenwerfen, ob essbar oder nicht.»

Mein Vater schnappte nach Luft, der große Konny und ich ebenfalls. Keiner bewegte sich.

«Versteht sie eigentlich, was wir so reden?», fragte Frank dann meinen Vater und deutete mit dem Kopf auf Ludmilla.

Ludmilla beantwortete diese Frage: «Da! Kann verstehen alles. Manchmal bei uns verschwinden auch Gäste. Tauchen wieder auf in Suppe!» Sie sah Frank eisig an, dann ging sie zu meinem Vater und flüsterte ihm zu: «Ich sein auf Seite von Ihnen. Was wir machen?»

Mein Vater strahlte, breitete die Arme aus, und für einen Moment sah es so aus, als wollte er Ludmilla umarmen. Die funkelte ihn daraufhin so drohend an, dass er die Arme sofort wieder sinken ließ und beide Hände in die Hosentaschen steckte.

«Setzen an Tisch und essen», befahl Ludmilla, und wir nahmen alle Platz. Donnernd stellte sie die Suppenterrine auf den Tisch und ging dann wieder.

«Heißt das, wir sehen Ludmilla demnächst im Minirock Wasserski fahren?», flüsterte mir Konstantin zu.

«Nur, wenn du dich leichtsinnigerweise in Minsk aufhältst», flüsterte ich zurück.

«Erinnere mich daran, dorthin nie eine Reise zu buchen», meinte er erschaudernd.

6. Kapitel, in dem Konny
verblüfft feststellt, wie gut Ludmilla lügen kann

Puh, das gemeinsame Essen war ... hm, also ... na ja, zumindest war es echt unterhaltsam.

Ludmilla war auf dem Kriegspfad, und sie war auf unserer Seite. Sie übertraf sogar noch meinen Vater.

Wir hatten kaum Platz genommen, da erschien sie wieder im Esszimmer und informierte ihn: «Die Schmied von Gold hat gerufen an. Will wissen, ob Sie für Krone für Frau lieber Rubin oder Smaragd oder Saphir haben wollen.»

Mein Vater war sprachlos, ich auch. Wow: Krone! – ging's nicht 'ne Nummer kleiner? Aber wenn Ludmilla loslegt, dann kennt sie keine Zurückhaltung mehr.

Nachdem mein Vater keinen Ton rausbrachte, nickte Ludmilla souverän und meinte: «Da. Ich ihm das haben auch gesagt: Dumme Frage, alle drei natürlich.»

Frank guckte meinen Vater erstaunt an. «Eine Krone? Du lässt für deine Frau eine Krone anfertigen?»

Mein Vater sank leicht in sich zusammen und murmelte: «Es ist für einen Ball.» Dann fiel ihm was Besseres ein: «Für ein Kostümfest.»

Frank pfiff durch die Zähne: «Für ein Kostümfest eine Krone mit echten Edelsteinen, na, du verwöhnst deine Frau ja.»

Mein Vater schluckte noch einmal, dann hatte er sich gefangen: «Tja, man gönnt sich ja sonst nix. Außerdem hat sie das verdient. Sie arbeitet ja schließlich auch hart.»

Frank zog die Augenbrauen in die Höhe: «Sie arbeitet? Habt ihr das nötig?!»

Mein Vater guckte erst etwas erstaunt, dann winkte er ab: «Aber nein, woher denn. Das ist ein Hobby von ihr. Weißt doch, wie Frauen sind: Bridge-Club, Golf-Club, Wellness-Hotel und einen hochbezahlten Power-Job nur so zum Spaß. Nicht wegen des Geldes.»

Bevor er sich einigermaßen wieder in Balance gebracht hatte, erschien Ludmilla erneut im Zimmer. Mein Vater guckte bereits ganz ängstlich, als sie den Mund aufmachte. «Die Privatpilot von Privathubschraube haben angerufen, wollen wissen, ob Sie heute noch brauchen für Transport in wichtige teure Gegend. Wenn nicht, dann er jetzt putzen goldene Mercedes von Familie!»

Meinem Vater fiel die Kinnlade runter. An seinem Pokerface würde er aber noch arbeiten müssen. Gut, dass Frank seine Augen auf Ludmilla gerichtet hatte.

Ich antwortete für meinen Vater: «Ja, der Mercedes hat's nötig. Und sagen Sie unserm Privatpiloten, er soll nicht immer mit dem Hubschrauber auf unserem Tennisplatz landen. Vor allem nicht, wenn dort gerade ein Promi-Turnier stattfindet.»

Sanny guckte mich an und verdrehte die Augen, in Ludmillas Augen blitzte kurz so etwas wie Hochachtung auf, der Blick meines Vaters war irgendwie waidwund. Er schien zu leiden. Aber, wie auch immer, er schuldete mir was, das war klar.

Ich erzählte die Geschichte meiner Freundin Sarah. Wir standen an dem Kiosk, der ihrem Großvater gehörte und in dem sie oft nach der Schule aushalf. Ich war gerade dabei, Ludmillas Akzent nachzuahmen, als eine Freundin von Sarah dazukam.

«Hi, Sarah.» Sie sah mich an. «Ich wusste gar nicht, dass dein Freund aus Russland kommt.»

Sarah grinste. «Nein, tut er nicht, auch wenn ich ihn manchmal dahin wünschen könnte.»

«Hey, also bitte, ich stehe mir hier die Beine in den Bauch, um dir den Tag zu versüßen, und jetzt das?»

«Versüßen tue ich ihn dir wohl eher», grinste Sarah und deutete auf die Gummifrösche, die ich in der Hand hielt und in kurzen Abständen in meinen Mund warf.

«Wenn das wirkt, hätte ich auch gern einen», seufzte die Freundin.

Sarah stellte uns vor und wollte dann von Caroline wissen, was denn los sei.

«Thorsten, dieser Blödmann, hat sich dazu entschlossen, sich von mir zu trennen.»

«Oh, das tut mir leid», meinte Sarah.

«Hey, da macht er aber einen Fehler», stand ich ihr bei und legte mein mitfühlendstes Lächeln auf. Eine Frau in Not, da war ich doch genau der Richtige.

Sarah sah mich kurz an, wandte sich dann wieder an Caroline. «Aber soweit ich mich erinnere, hat er dich doch die letzte Zeit eh nur noch genervt, weil er nur noch vor seinem blöden Computerspiel saß.»

«Jungs können so unsensibel sein», steuerte ich verständnisvoll bei. «Was für ein Spiel war das denn?»

Jetzt sahen Caroline und Sarah mich an. «Hey, was ist denn jetzt schon wieder?», wollte ich wissen.

«Dass wir nicht mehr zusammen sind, ist ja auch nicht so wichtig. Aber dass das kurz vor dem Ball passieren musste, das nervt total. Ich meine, er hätte ja auch noch die paar Tage warten können, oder?»

«Seht ihr, unsensibel», trumpfte ich auf.

Jetzt ignorierten mich die beiden völlig. Also wirklich, wie man es machte, machte man's verkehrt.

«Und was mache ich jetzt mit dem Ball? Ich bin ohne Begleiter.»

Während Sarah Caroline tröstete, kam mir eine Idee.

Moment mal, sie brauchte einen Begleiter! Yes, und ich suchte eine Begleiterin für Kai. Wenn das mal nicht das Schicksal war, das uns hier an dem Kiosk zusammengeführt hatte. Ich betrachtete sie eingehend, schließlich hatte ich Kai eine super Begleiterin versprochen.

«Was ist los, wachsen mir Hörner aus der Stirn?», wollte sie wissen.

«Was? ... Nein, nein, aber glaubst du an Bestimmung?»

«Was?»

«Na, daran, dass bestimmte Dinge im Leben einfach für einen vorausbestimmt sind?»

«Ihr solltet mal die Gummifrösche auf neue Inhaltsstoffe kontrollieren», teilte Caroline Sarah mit.

«So was hab ich schon lange befürchtet», stimmte die ihr zu und sah mich fragend an.

«Ich meine, es ist nicht nur Zufall, dass wir uns hier heute treffen.»

«Nein?»

«Nein.» Ich schüttelte den Kopf. «Es ist Bestimmung. Du hast ein Problem, und ich habe die Lösung für dein Problem.»

«Mein einziges Problem ist momentan, dass du anscheinend echt 'ne Macke hast. Sorry, Sarah.»

Die zuckte mit den Schultern.

«Nein, pass auf, du brauchst einen Begleiter für den Ball, und zufällig habe ich da jemanden für dich.»

«Ach ja?»

«Ja, der Junge ist wirklich ein Hauptgewinn. Er ist total nett, intelligent, sieht super aus, und tanzen kann er, wow, also wenn ich ein Mädchen wäre, ich würde dafür sterben, mit ihm zum Ball zu gehen.»

«Blödes Konzept, dann hast du ja nichts mehr davon. Sei froh, dass du kein Mädchen bist», erklärte Caroline. «Und wie kommt es, dass er noch nicht mit einem Mädchen zum Ball geht, wenn er doch so ein Super-Typ ist?»

«Tja, gute Frage.» Da sollte mir jetzt besser schnell eine gute Antwort einfallen. «Er ist eben erst wiedergekommen.»

«Ach, und wo war er?», fragte Sarah spöttisch. «Hat er einen Impfstoff für ein paar unheilbare Krankheiten gefunden?»

«Also bitte!» Ich lachte. Hey, aber das war eine ganz brauchbare Vorlage. «Seine Großmutter war sehr schwer krank, und er hat sie gepflegt und sich ein wenig um den Haushalt gekümmert, damit sie nicht im Krankenhaus liegen musste.»

Caroline sah mich interessiert an.

Sarah empört: «Und wer soll dieser weiße Ritter sein?»

«Kai.»

«Kai?!» Sarah sah mich groß an.

«Kai ...», meinte Caroline nachdenklich. «Ich kenne keinen Kai.»

«Oh, das ist ein Fehler, wirklich. Das solltest du unbedingt korrigieren.» Ich versuchte Sarahs Dolchblicken auszuweichen.

«Okay.» Caroline zuckte mit den Schultern. «Dann schau ich ihn mir doch einfach mal an.» Sie gab mir ihre Telefonnummer und verabschiedete sich.

Als sie gegangen war, boxte mir Sarah gegen den Oberarm. «Und was war das wieder, Pinocchio?», wollte sie wütend wissen.

«Was denn? Und AUA!» Ich rieb mir den Arm. Sarah hatte wirklich eine ganz schön heftige Linke.

«Was denn? Wenn du Pinocchio wärst und deine Nase beim Lügen wachsen würde, dann hätte ich mich eben flach auf den Boden werfen müssen, um nicht von ihr verletzt zu werden.»

«Aha!» Ich dachte noch über die genaue Bedeutung des Satzes nach.

«Du weißt, dass ich es auf den Tod nicht ausstehen kann, wenn du diese Lügengeschichten erzählst», übersetzte sie freundlicherweise für mich. Allerdings sah sie dabei nicht besonders freundlich aus.

«Was heißt denn hier Lügengeschichten? Ehrlich, du tust mir unrecht.»

«Intelligent, sieht super aus, kann tanzen?! Pflegt eine kranke Großmutter?! Ich meine, Kai ist echt nett, kann gut kochen, und ich mag ihn wirklich, aber die anderen Eigenschaften hab ich an ihm jetzt wirklich noch nicht feststellen können. Und das nennt man in diesem Fall demnach: Lügengeschichte.»

Der Satz meines Vaters fiel mir wieder ein. «Nein, das sind keine Lügengeschichten, ich passe nur die Realität ein wenig an die Bedürfnisse an.»

«Was?!»

«Ähm ... ich verschiebe die Realität ein wenig.»

«Wer bist du? Einstein?»

«Oh, danke für die Frage.» Ich lächelte.

«Die nicht als Kompliment gedacht war», fauchte Sarah.

Ich versuchte sie in den Arm zu nehmen, was etwas schwierig war, da sie im Kiosk und ich davor stand. Außerdem war der Arm noch ein wenig taub von ihrem Boxhieb und konnte nur bedingt seinen Dienst aufnehmen.

«Sarah, ich tu das doch nur für die beiden. Ich meine, wer weiß, vielleicht sind die beiden das perfekte Paar, und wir haben sie dann zusammengebracht.»

«Ich wusste gar nicht, dass du jetzt auch noch einen Job als Aushilfs-Amor hast», spottete Sarah. «Erzähl das mal deiner Schwester, die kann dir unter Garantie 1000 Gründe nennen, wieso man nicht Amor spielen sollte!»

Ich ließ mich nicht aus dem Konzept bringen. «Und außerdem, bei dir würde ich doch nie die Realität verschieben wollen. Die Realität mit dir ist wunderbar.» Ich warf mich jetzt in eine volle Charmeattacke und sah sie mit unschuldigen großen Augen an. Die Mädels stehen auf so was.

«Lass bloß deine Bambi-Imitation. Die war beim ersten Mal schon bestenfalls peinlich.»

Mädchen können so grausam sein. Ich zog mich wieder etwas zurück. «Okay, es tut mir leid. Ich bringe die Sache in Ordnung, ja?»

«Ich frage mal lieber nicht, wie», murmelte Sarah.

«Komm schon, lass uns überlegen, als was wir zu dem Ball gehen. Ich will doch mit dir den ersten Preis machen. Als was würdest du gerne gehen?»

«Am sinnvollsten wäre wohl Gepetto.»

«Wer ist das denn schon wieder?»

«Ein alter Mann mit Bart, der Holzpuppen geschnitzt hat.»

«Und das macht dich glücklich?»

Sarah seufzte. «Nein, aber das würde am besten passen.»

Seufzend erklärte sie es mir: «Gepetto hat Pinocchio geschnitzt, er ist sozusagen der Schöpfer dieses kleinen Lügenmonsters.»

Ich beschloss, die Kostümauswahl zu vertagen. Stattdessen beugte ich mich erneut in den Kiosk und küsste Sarah. Diesmal kam sie mir sogar entgegen.

7. Kapitel, in dem Sanny
ihr Fisch-Orakel befragt

Ich war geflüchtet. Auf mein Zimmer. Die Unterhaltung während des Essens wurde durch Franks Angebereien und herablassende Bemerkungen bestimmt, dazu kamen Ludmillas unglaubwürdige Aufschneidereien und ihre durch die Zähne gestoßenen russischen Verwünschungen sowie das ständige Zusammenzucken meines Vaters und sein angespannter Gesichtsausdruck. Er tat mir leid.

Die restliche Zeit unterhielten uns die «kleinen Racker», wie «der gute alte Frank» Rob und Kornelius nennt – die Bezeichnung «der gute alte Frank» stammt tatsächlich vom Meister persönlich. Dauernd sagt er: «Lass das den guten alten Frank mal machen», oder «Da kümmert sich der gute alte Frank mal drum». Es ist nicht nur voll peinlich, sondern auch nervig.

Die Kleinen jedenfalls planen den Bau einer Farm.

Das heißt, in den nächsten Tagen sind wir vor Piratenüberfällen sicher. Das ist wahrscheinlich das einzig Positive an diesem Besuch. Ich war kurz davor, eine Liste zu erstellen mit 1000 Gründen, keine alten Studienfreunde des Vaters mit Kindern zu Besuch zu haben, aber dann beschloss ich mit Hilfe von Pixi und Dixi, meinen Orakelfischen, herauszufinden, wie lange diese Horror-Familie noch bleiben würde.

Meine Orakelfische sind seit langem unverzichtbare Begleiter, was meine Liebesangelegenheiten betrifft. Es ging relativ einfach. Man stellte den Fischen eine Frage, streute ein wenig Futter ins Wasser und wartete ab. Wenn die Fische der Meinung waren, die Frage sollte mit Ja beantwortet werden, schwammen sie nach oben und futterten. Waren sie der entgegengesetzten Meinung, blieben sie, wo sie waren, und machten Diät. Probleme gab es nur, wenn sie sich nicht einigen konnten und einer nach oben kam, während der andere sich nicht blicken ließ. Aber das war nur manchmal der Fall.

Okay. Frage: Reisten diese L.A.s heute noch ab?

Ich streute Futter ins Wasser, nichts passierte.

Mist.

Okay. Zweiter Versuch. Morgen? Wieder streute ich ein wenig Futter ins Wasser.

Pixi schwamm nach oben und fing an zu futtern.

Dixi rührte sich nicht.

Hm, toll, wieder so eine vage Antwort. Reiste nur einer ab? Vielleicht machte sich der kleine Konny mal wieder auf die Socken, um etwas zu erledigen, und nahm Rob mit. Das geschah nämlich gelegentlich, und dann mussten wir den Kleinen überall suchen.

Ich war gerade dabei, die nächste Frage zu formulieren, als mir siedend heiß meine Verabredung mit Liz einfiel. Nachdem es ja anscheinend meine Idee gewesen war, David zu beschatten, sollte ich vielleicht auch erscheinen. Ich überlegte kurz, was wohl eine gute Kleiderwahl für eine Verfolgungsjagd wäre. Schwarz war sicher nicht schlecht. Turnschuhe waren bestimmt auch hilfreich, wenn man schnell hinter eine Hecke springen oder weglaufen musste. Gut. Was haben denn die Privatdetektive in Filmen immer noch an Ausrüstung dabei? Ich überlegte, ob ich einen Fotoapparat mitnehmen sollte, aber dann dachte ich mir, dass Liz ja dabei ist. Also müsste ich ihr wohl kaum irgendwelche Fotos vorlegen. Pistole, gefälschte Ausweise und Visitenkarten auf diverse Namen waren sicher auch nicht nötig. Wo sollte ich die auch so schnell herbekommen?

Ich beschloss, lieber etwas nachlässig ausgerüstet, aber dafür relativ pünktlich zu erscheinen, und machte mich auf den Weg.

Kurz vor der Haustür traf ich auf meinen Vater und Frank.

«Ah, die Jugend geht aus», tönte Frank sofort. «Die Jugend», auch so ein dummer Spruch aus seinem Repertoire.

Ich sah leicht gequält zu meinem Vater und erklärte ihm, dass ich mit einer Freundin verabredet sei.

«Hey, dann sollte Kelly doch am besten gleich mitgehen. Dann lernt sie deine Freundin auch kennen», begeisterte sich Frank. «Und ihr lernt euch auch ein bisschen besser kennen, sicher nicht verkehrt, wenn sie hier die nächsten Tage wohnt.»

Frank ging, um Kelly die freudige Botschaft zu bringen, und ich sah meinen Vater verzweifelt an. «Erstens: Was heißt hier die nächsten Tage? Und zweitens: Muss ich?!»

Mein Vater legte mir begütigend die Hand auf die Schulter. «Zu erstens: Ich hab keine Ahnung. Die Information, warum sie hier sind und wie lange sie bleiben, hat der Lehmklumpen wohl für immer unter sich begraben, und zweitens: Ich fürchte, ja.»

Ich seufzte und überlegte, was wohl besser war: Kelly abzuhängen oder tatsächlich die Observation mit ihr durchzuführen.

Und dann kam auch schon Frank wieder und zerrte eine nicht besonders begeistert aussehende Kelly hinter sich her.

«Scheint, als hättet ihr was gemeinsam», flüsterte mein Vater belustigt. «Ich glaube, sie will auch nicht unbedingt mit.»

«Na komm schon», redete Frank Kelly gut zu. «Du weißt, dass ihr hier eine Zeit lang wohnen werdet, während ich mich um meine Geschäfte kümmern muss. Das war so abgesprochen.»

Jetzt sah mein Vater auch nicht mehr belustigt aus.

«Im Ernst?», rutschte es mir heraus.

«Aber ja, ich dachte, dein Vater hat es euch gesagt. Die Kinder bleiben hier, wenn ich morgen fahre.»

Ach, das hatten Pixi und Dixi gemeint. Na toll.

Frank boxte meinen Vater freundschaftlich. «Das wolltest du wohl als Überraschung aufheben, was? Sorry, jetzt hab ich's dir verdorben.»

«Schon gut», murmelte mein Vater.

«Okay, Girls, dann habt Spaß.» Frank schob uns beide zur Tür, und ehe wir uns versahen, standen wir draußen vor unserem Haus, Frank winkte kurz und schloss die Tür wieder hinter uns.

«Glaub bloß nicht, ich bin scharf darauf», teilte mir Kelly mit.

«Du könntest hierbleiben», bot ich an.

«Und mir Vorträge von meinem Vater anhören, von

wegen, ich soll mich unter die Leute mischen? Nein, so schlimm kann selbst dieser Ausflug hier nicht sein.»

Wir gingen los in Richtung Theater.

Schweigend.

Liz wartete dort schon. «Ah, du hast Verstärkung mitgebracht», meinte sie, nachdem ich Kelly vorgestellt hatte. «Sehr schlau. Falls sie sich trennen und verschiedene Wege nehmen sollten.»

«Wir brauchen drei Leute, falls sich zwei Leute trennen?», wollte ich von ihr wissen.

Sie überlegte kurz. «Oh, Sanny, nun mach hier nicht schon wieder 'ne Wissenschaft draus, okay?!»

«Was habt ihr denn vor?», fragte Kelly.

«Och, wir beschatten meinen Freund», erklärte Liz, ohne dabei die Tür zum Theater aus den Augen zu lassen.

«Hier in der Provinz habt ihr echt komische Hobbys.» Kelly schüttelte den Kopf.

Liz sah mich kurz fragend an. «Provinz?»

«Sie kommt aus Los Angeles», erklärte ich.

Bevor Liz darauf antworten konnte, kam David aus der Tür, dicht gefolgt von Jennifer.

«Achtung, er kommt!» Liz und ich sprangen schnell hinter eine Hecke. Kelly sah uns irritiert hinterher. Ich schnappte sie am Arm und zog sie zu uns.

«Hey, was soll das denn jetzt schon wieder? Also, wenn ihr nichts dagegen habt, möchte ich lieber nicht bei euren Spielchen mitmachen», mokierte sie sich.

«Wir beschatten Liz' Freund, und er darf uns nicht sehen», erklärte ich kurz den Plan.

«Bestimmt gehen sie wieder in die Eisdiele, da gehen sie immer nach der Probe hin.»

«Machst du das schon länger?», wollte Kelly von Liz wissen.

«Bisher war es mehr Zufall», zuckte sie mit den Schultern. «Aber jetzt hab ich die Schnauze voll und will endlich wissen, was hier läuft.»

Kelly verdrehte die Augen, folgte uns aber dann auf den Spuren von David und Jennifer zur Eisdiele. Dort versteckten wir uns hinter einer Häuserecke direkt gegenüber der Eisdiele.

«Das ist jetzt aber nicht euer Ernst, oder? Ich meine, wir stehen hier blöde hinter 'ner Wand und starren abwechselnd auf einen Tisch in einem Café?»

«Wenigstens kann dabei dein Fingernagel nicht abbrechen», maulte ich zurück. So wie Kelly das sagte, klang es tatsächlich etwas blöde. Mist, ich hätte meine Orakelfische noch nach Instruktionen fragen sollen, wie wir diese Verfolgung durchziehen sollten. Zu spät.

«Das ist doch Blödsinn. Ich meine, hier hört man ja noch nicht mal, was sie reden. Und dass sie hier sitzen, wusstest du doch schon vorher. Wozu also das Ganze?»

Liz und ich sahen uns an.

«Es war dein Plan», erinnerte mich Liz.

«Das kann ich mir denken», murmelte Kelly.

«Danke, Liz.»

«Okay, Kinder, ich zeig euch mal, wie man das in L.A. macht, ja? Seht zu und lernt.»

Kelly verließ den sicheren Schutz der Häuserwand und schlenderte lässig zu Jennifer und David rüber. Obwohl jede Menge Tische frei waren, setzte sie sich zu den beiden. Die schienen etwas irritiert, aber ließen es geschehen.

Liz und ich sahen uns völlig baff an.

«Sollte sie sich nicht an einen Tisch *neben* die beiden setzen?», fragte Liz.

«Keine Ahnung. Aber so entgeht ihr wirklich nichts.»

«Ist das jetzt gut oder schlecht für unseren Plan? Immerhin werden die beiden sicher nicht mehr so unbefangen reden», meinte Liz.

Ich zuckte mit den Schultern.

Am Nachbartisch begann eine rege Unterhaltung.

«Mist, wir hätten ihr eine Wanze oder so was mitgeben sollen», ärgerte sich Liz.

Kelly zog jetzt eine richtige Show ab. Sie redete und strahlte David an, lachte über seine Witze, legte ihm spielerisch die Hand auf den Arm.

Jennifer wurde immer ruhiger und – das konnte man selbst von unserer Häuserecke aus sehen – auch immer genervter.

Es war nicht zu übersehen, Kelly flirtete auf Teufel komm raus mit David. Und der schien Jennifer zu vergessen.

«Deine Kelly ist echt nicht schlecht», murmelte Liz anerkennend.

«Ja, und ich dachte, sie sei nur nervig.»

«Siehst du diese Unmutsfalte auf Jennifers Stirn?», freute sich Liz. «Ha, heute ist nichts mehr von wegen ‹über die Produktion reden›.»

David und Kelly schienen sich prächtig zu verstehen. Jennifer war erst mal kaltgestellt.

«Jetzt weiß ich aber immer noch nicht, was zwischen den beiden läuft», fiel Liz plötzlich ein.

«Stimmt.» Ich überlegte. «Aber was immer es ist, er unterbricht es für einen Flirt mit Kelly.»

«Ja, du hast recht!», freute sich Liz. «Ich bin gespannt, wann es Jennifer zu viel wird und sie geht.»

Vielleicht war es doch ganz praktisch, Kelly dabeizuhaben.

8. Kapitel, in dem Konny
Sarah leider verärgert

Ich war mit Sarah auf dem Weg zum Kino. Wir wollten uns dort mit Kai treffen, und Caroline sollte auch hinkommen.

Sarah hatte mich zu Hause abgeholt, aber bevor wir loskonnten, mussten wir noch einen Farmpiraten-Überfall über uns ergehen lassen.

Konny und Puschel standen plötzlich vor uns. Konny bedrohte uns mit seiner kleinen Plastik-Schaufel, und Puschel hatte einen kleinen Plastik-Rechen quer im Maul. Rob stand etwas abseits und beobachtete alles.

«Gib uns all deine Ameisen», verlangte der Kleine.

«Wuff», unterstrich Puschel die Forderung seines Herrchens. Dabei fiel ihm nicht einmal der Rechen aus dem Maul. Die beiden mussten geübt haben.

«Du meinst Mäuse», verbesserte ich Konny nachsichtig lächelnd.

«Was soll ich denn damit?», fragte er, dann stutzte er, dachte kurz nach und sah fragend zu Rob.

Der schüttelte nur kurz den Kopf.

«Nein, danke», informierte uns der Kurze. «Die Mäuse könnt ihr behalten. Wir brauchen die Ameisen.»

Ich kramte in meinen Taschen. «So was Dummes, ich hab keine dabei.» Dann sah ich zu Sarah. «Jetzt sag nicht, du hast deine Ameisen heute auch zu Hause gelassen?»

Sie zuckte mit den Schultern. «Doch, leider.»

«So was Blödes», schimpfte der Kleine.

«Ich hab dir gleich gesagt, das funktioniert so nicht», mischte sich nun Rob ein. «Farmer machen das nicht so wie Piraten.»

«Na gut, dann hab ich eine andere Idee», meinte Kornelius. «Los, komm.» Er zog Rob in Richtung Garten.

«Dein Bruder ist nun nicht mehr Pirat?», fragte Sarah auf dem Weg zum Kino.

«Scheint so. Er hat es wohl zugunsten des Farmers aufgegeben. Er und Rob bauen sich eine Farm.»

«Was für eine?»

Ich zuckte mit den Schultern. «Keine Ahnung.»

Als wir am Kino ankamen, trafen wir als Erstes auf Caroline. Kai wartete aber auch schon. Er stand drei Meter neben ihr. Sie warf ihm von Zeit zu Zeit einen Blick zu und rückte etwas weiter ab. Das durfte man nicht überbewerten.

Wir begrüßten zunächst einmal Caroline.

Sie sah sich suchend um. «Okay, und wo ist jetzt der Traumprinz?»

Ich deutete zu Kai, der unbeteiligt in die Luft schaute.

«Was? Der? Das ist jetzt aber nicht dein Ernst!» Caroline sah mich empört an.

«Was denn, hab ich etwa zu viel versprochen?»

«Zu viel versprochen? Er ist einen Kopf kleiner als ich und sieht mindestens zwei Jahre jünger aus. Und wie kommst du auf den Begriff *cool* in diesem Zusammenhang?! Von cool aussehen ist der wirklich meilenweit entfernt.»

«Meinst du?» Ich sah zu Kai, der sich jetzt etwas gedreht hatte und immer noch in die Luft schaute.

«Allerdings. Und warum sieht er eigentlich immer in den Himmel, hat er seinen Luftballon verloren?»

Ich lachte. «Hey, du hast echt Humor, das mag ich bei Mädchen.»

Sarah verdrehte die Augen.

«Lass dich nicht von seinem Äußeren blenden. Weißt du, wenn du ihn erst mal kennengelernt hast, wirst du wissen, was ich meine. Seine inneren Werte sind wirklich unschlagbar», pries ich Kai weiter an.

Der hatte uns jetzt entdeckt und winkte uns zu.

«Klingt ja gut, aber weißt du was?», sagte Caroline. «Ich steh zurzeit nicht so auf innere Werte. Ich will einen Begleiter, der alle umhaut, inklusive meines Ex-Freunds. Besonders den! Deshalb mach ich das ganze Theater. Wenn ich mit deinem Freund da auftauche, bin ich blamiert. Alles klar?!» Sie ging kopfschüttelnd weg.

«Toll, wie weit du mit deiner Realitätsverschiebung gekommen bist», spottete Sarah. «Vielleicht wären sie ja in einem Paralleluniversum zusammen zum Ball gegangen. Aber hier funktioniert das einfach nicht.»

Jetzt war Kai bei uns angekommen. «Hey, war das eben das Mädchen?»

Ich nickte.

«Und? Wieso ist sie gegangen?», fragte Kai.

«Hör mal, Kumpel ...», fing ich an.

Kai sah mich enttäuscht an. «Schon klar, hab kapiert. Sie wollte mich auch nicht.»

«Was?! Mann, wovon redest du? Keine Spur. Die Maus war total scharf auf dich. Ich meine, hey, du hast sie voll umgehauen.»

«Echt?»

«Sicher, Kumpel. Aber weißt du, das war es einfach nicht.»

«Was?!»

«Ich meine, ich habe dir das perfekte Mädchen versprochen, und sie war das einfach nicht. Ich hab ihr gesagt, das wird doch nichts.»

«Wirklich?»

Ich nickte.

«Bist du verrückt? Sie war die Erste, die überhaupt bereit war, mit mir zum Ball zu gehen. Hol sie zurück, sofort.»

«Wow, easy, Kumpel, ganz ruhig. Ich weiß genau, was ich tue. Glaub mir. Du hättest dich mit ihr nur gelangweilt. Sie hat da so 'ne Art ... Hey, du hast echt was Besseres verdient.»

«Aber ...» Kai sah ganz verloren in die Richtung, in die Caroline verschwunden war.

«Nein, wirklich. Wenn ich für meinen besten Freund ein Mädchen aussuche, dann nur das beste. Drunter läuft nichts. Sie war nicht gut genug für einen so tollen Typen wie dich.»

«Meinst du wirklich?»

«Aber sicher.»

Kai umarmte mich. «Du bist echt der beste Freund, den man sich wünschen kann. Danke, Mann.»

«Hey, gerne.» Es ist einfach immer wieder ein gutes Gefühl, eine gute Tat vollbracht zu haben. Das Gefühl machte allerdings schnell einem heftigen Schmerz Platz. Sarahs Hand hatte sich in meinen Oberarm gekrallt. Sie zog mich zur Seite.

«Kai, einen kleinen Moment, okay?»

«Klar, Sarah.» Kai nickte ihr zu. «Ich bring schon mal die vierte Karte zurück.»

Kai ging, und aus irgendwelchen Gründen wünschte ich mir heftigst, ich könnte mitgehen, Sarahs Hand ließ aber nicht locker.

«Was genau sollte das denn jetzt?»

«Was?»

«Diese weitere Realitätsverschiebung.»

«Ich hab mit dir doch gar nicht geredet.»

«Was meinst du denn jetzt damit?»

«Na, ich meine, ich habe doch in Bezug auf dich keine Realitäten verschoben.»

«Aber in Bezug auf Kai. Du hast ihn angelogen, und zwar nach Strich und Faden.»

«Aber das war doch nur zu seinem Besten.»

«Das Beste ist, dass ihn sein bester Freund anlügt?»

«Soll ich ihm vielleicht sagen, dass die Mädels ihn langweilig finden? Was meinst du, wie er sich dann fühlt?»

«Das muss man ja nicht so formulieren. Aber davon mal ganz abgesehen: Hättest du Caroline nicht so einen Blödsinn erzählt, wäre es erst gar nicht dazu gekommen.»

«Wenn ich Caroline die Wahrheit erzählt hätte, wäre sie gar nicht hierhergekommen.»

«Was hast du denn erwartet, nachdem du Kai so beschrieben hast, als würde er kurz davorstehen, den Friedensnobelpreis zu bekommen, und dafür mal eben kurz seine Model-Karriere unterbrechen?»

«Es hätte doch klappen können.»

«Und wie, bitte? Ich meine, wie hätte *das* klappen können? Vielleicht, wenn Caroline über Nacht erblindet wäre und den Unterschied nicht gemerkt hätte? Oder wenn sie unter völligem Gedächtnisverlust leiden würde und sich an deine Beschreibung nicht mehr hätte erinnern können?»

Ich zuckte nochmal mit den Schultern.

«Konny, du bist manchmal echt ein Idiot. Kai ist wirklich ein total netter Typ, aber so wie du ihn verkaufen willst, hat er doch nie 'ne Chance.»

Kai kam wieder mit einer Tüte Popcorn. «Die haben die Karte nicht zurückgenommen, aber ich hab sie gegen Popcorn tauschen können. Hier, für dich, Sarah.» Er hielt sie Sarah hin.

Die warf mir noch einen wütenden Blick zu, nahm dann die Tüte und bedankte sich bei Kai.

Wir gingen ins Kino, Sarah war leicht frostig mir gegenüber, dafür aber umso netter zu Kai. Was hatte sie denn?

Darf ein Mann denn seinem besten Kumpel nicht mal einen Gefallen tun?

Nach dem Film wollten wir noch 'ne Cola trinken gehen, als mir einfiel, dass ich eine Verabredung mit meiner Familie hatte.

«Sorry, Leute, aber ihr werdet auf mich verzichten müssen.»

«Wie schade», spottete Sarah.

«Ja, finde ich auch», meinte Kai. Und das klang ehrlich.

«Ich habe noch ein Date mit meinen Leuten. Mein Vater braucht mich. Wir müssen einem alten Freund von ihm unsere Villa am Stadtrand zeigen», sagte ich möglichst lässig.

Sarah verdrehte die Augen. «Das findest du jetzt witzig, was?»

«Irgendwie schon», grinste ich.

«Du kannst es einfach nicht lassen, was?»

«Ich muss da jetzt echt hin und genau das tun, was ich eben gesagt habe», verteidigte ich mich.

«Ihr habt 'ne Villa am Stadtrand? Gestern hattet ihr die aber noch nicht», überlegte Kai.

«Tja, neuer Tag, neue Villa», versuchte ich ein Lächeln auf Sarahs Gesicht zu bringen.

Die schüttelte den Kopf, drehte sich wortlos um und ging.

9. Kapitel, in dem Sanny
in ein Nest
von Lügen gerät

Frank war mit seinen Kindern unterwegs, da er sich am Abend verabschieden und weiterfahren musste. Ich hatte mich mit Hubertus getroffen, und wir hatten weitere zwei Stunden vergeblich versucht, uns auf ein Kostüm für den Ball zu einigen.

Ich war sogar bereit, mich auf Bill und Hillary Clinton runterhandeln zu lassen, aber das fand Hubertus nun überhaupt nicht romantisch. Sein Gegenvorschlag war Grace Kelly und Fürst Rainier von Monaco.

Also saß ich jetzt erst mal wieder an meinem Schreibtisch und machte eine neue Liste mit möglichen Vorschlägen.

Mein Vater stand plötzlich in meinem Zimmer. «Okay, Sanny, du weißt Bescheid?», fragte er leicht nervös.

«Ich bin adoptiert und eigentlich alleinige Erbin eines arabischen Scheichs?»

«Was?» Er schien einen Moment darüber nachzudenken, dann sah er mich vorwurfsvoll an. «Red doch nicht so einen Blödsinn. Nein, wir werden uns heute unsere neue Villa ansehen.»

«Verschobene Realität?»

Mein Vater dachte kurz nach, dann nickte er. «Ja. Wir fahren zu der Jugendstilvilla und treffen uns dort mit Frank und seinen Kindern. Und ich wäre dir wirklich mehr als dankbar, wenn du dort den Eindruck einer glücklichen und zufriedenen …»

«Tochter eines Jugendstilvilla-Besitzers machen würdest», fiel ich ihm ins Wort.

Mein Vater nickte. «Genau das.»

Ich zuckte mit den Schultern. «Hast du eigentlich inzwischen rausbekommen, wie lange Kelly und Rob hierbleiben?»

«Ja.»

«Und?»

«Du willst es wirklich wissen?»

Ich holte tief Luft und nickte tapfer.

«Zwei Wochen, und ich möchte, dass du dich um Kelly kümmerst.»

«Die ganzen zwei Wochen? Paps, wie stellst du dir denn das vor?! Da ist doch der große Ball.»

«Wunderbar, dann habt ihr doch was, worauf ihr euch freuen könnt. Wenn das keine prima Gemeinsamkeit ist.»

«Hi, Dad!» Der Kleine stand plötzlich samt Hund neben uns.

Mein Vater nutzte die Möglichkeit sofort, das Thema zu wechseln. «Mein Kleiner spricht ausländisch.»

Ich verdrehte die Augen.

Konny ebenfalls.

«Das ist nicht ausländisch. Das ist farmisch.»

«Was?»

«Wir auf der Farm nennen unseren Vater so.»

«Wuff!», stimmte Puschel zu.

«War das auch farmisch?», fragte mein Vater unsicher und deutete auf Puschel.

«Klar, Puschel ist doch jetzt ein Farmhund.»

«Wenigstens macht das mehr Sinn als der Piratenhund», murmelte mein Vater.

«Hilfst du mir mal bei der Farm?», bat der Kleine mit treuherzigem Augenaufschlag.

«Na klar!» Mein Vater strahlte. Er liebte es, wenn einer von uns ihn um Hilfe bat. Na ja, zumindest wenn es um architektonische Probleme ging.

Bei anderen Problemen verwies er meist auf unsere Mutter und deren Dienstschluss im Büro.

Die beiden Farmer und ihr Architekt verließen mein Zimmer.

Als wir zur Villa kamen, waren Frank und seine Kinder schon da. Er sprach gerade mit einem der Arbeiter.

«Das geht schon in Ordnung. Ich kenne den Besitzer», erklärte er und klopfte dem Mann begütigend auf den Arm.

Mein Vater eilte zu den beiden.

«Tut mir leid, Herr Kornblum, ich habe versucht ihn aufzuhalten, aber er meinte, er kennt den Besitzer», sagte der Arbeiter zu ihm. «Und ich weiß ja, dass der Besitzer es nicht besonders mag, wenn hier Fremde rumlaufen.»

«Schon gut, Walter. Der Herr gehört zu mir.»

Walter ging, und Frank grinste meinen Vater an. «Wow, du führst hier ja ein strenges Regiment. Keine Fremden auf deinem Grundstück.»

Mein Vater grinste gequält, sah sich verstohlen um und führte uns dann hinter das Haus, wo am wenigsten Arbeiter beschäftigt waren.

Wir bogen um die Ecke und standen unserer Mutter und ihrem Auftraggeber – dem Villenbesitzer – genau gegenüber. Der legte beim Anblick unserer Ausflugsgruppe direkt die Stirn in Falten.

«Susanne!», japste mein Vater.

«Konrad, was machst du denn hier?»

«Die ... Kinder wollten dich sehen», presste er heraus.

«Ach, wirklich?»

«Die Kinder» sahen genauso verblüfft aus wie die Mutter, die sie unbedingt sehen wollten.

«Aber ich habe dir doch auf den Anrufbeantworter gesprochen, dass ich zuerst ins Büro gehe und wir uns dann zu Hause sehen.»

«Sie wollten nicht warten!», ruderte mein Vater verzweifelt weiter.

«Entschuldigen Sie bitte, Herr Zamecki ...» Weiter kam meine Mutter nicht.

«Tataaah!» Frank baute sich vor ihr auf und breitete die Arme aus.

Meine Mutter sah irritiert zu meinem Vater. «Irgendwas, was ich wissen sollte?»

«Ich wette, deine Frau konnte es kaum erwarten, bis wir da sind», feixte Frank und boxte meinen Vater auf den Arm.

«Tja, wenn Sie das sagen», meinte meine Mutter und sah jetzt leicht drohend zu meinem Vater.

Der versuchte einen Mix aus Lächeln, überfordertem Schulterzucken und mittlerem Nervenzusammenbruch.

«Aber nicht doch, Susi, wir duzen uns. Wir sind doch so was wie Familie», dröhnte Frank und umarmte sie.

«Also, von dem Teil der Familie habe ich bislang noch gar nichts gewusst.» Meine Mutter befreite sich aus der Umarmung. «Ich heiße Susanne und werde auch so genannt», sagte sie mit Nachdruck.

«Das sind Frank und seine Kinder», erklärte mein Vater kraftlos.

«Frank wie in ...» Meine Mutter sah meinen Vater weiterhin an.

Herr Zamecki hüstelte.

Meine Mutter drehte sich erschrocken zu ihm. «Oh, entschuldigen Sie bitte. Wir machen sofort weiter. Ich zeig Ihnen noch das Billardzimmer, wir haben schon mit der Mahagoni-Täfelung angefangen.»

«Na, da kommen wir doch gleich mit, was?!», meinte Frank, schlug Herrn Zamecki auf die Schulter und schüttelte ihm die Hand. «Frank», stellte er sich vor. «Und was machen Sie hier so?»

Meine Mutter sah aus, als wollte sie Frank gleich mit einem taktischen Foul außer Gefecht setzen.

Mein Vater schnappte sich Frank und zog ihn wieder von Herrn Zamecki weg. «Herr Zamecki ist ein sehr geschätzter Kunde von uns.»

«Verstehe, und Sie hatten sich überlegt, sich auch so 'ne Bude zuzulegen, was?», nickte Frank Herrn Zamecki zu. Dann zwinkerte er. «Aber lassen Sie sich mal nicht vom Besitzer erwischen, der ist ein merkwürdiger Bursche und hat es nicht so gerne, wenn hier Fremde rumlaufen.»

«Also, ich muss doch sehr bitten», empörte sich Herr Zamecki.

«Schon gut, schon gut. Ich leg ein gutes Wort für Sie ein», beschwichtigte Frank sichtlich amüsiert. «Ich bin ein alter Freund des Besitzers.»

«*Ich* bin der Besitzer!», verkündete Herr Zamecki.

Frank sah meinen Vater erstaunt an.

«Wir hatten überlegt zu verkaufen», flüsterte mein Vater ihm zu.

«Der Ballsaal ist zu klein», mischte sich Konstantin ebenfalls flüsternd ein.

«Was denn? Passt deine Frau mit der Krone nicht hinein?», dröhnte Frank und lachte sich halbtot über seinen Scherz.

«Konrad!», fauchte meine Mutter jetzt.

«Müssen wir eigentlich noch lange hier rumstehen?», wollte Kelly gelangweilt wissen.

«Walter!», meine Mutter rief einen ihrer Mitarbeiter und instruierte ihn, mit Herrn Zamecki doch schon mal ins Haus zu gehen. Dann zog sie meinen Vater zur Seite. Mein Vater schubste noch schnell den großen Konny in Richtung Frank und Kelly und raunte Konstantin zu: «Lenk die beiden ab, erzähl ihnen was.» Dass das keine gute Idee war, stellte sich später heraus, denn Konstantin hatte uns kurzerhand noch mehrere Reitpferde, eine Motoryacht und ein ganzes Fußballteam angedichtet. Konstantin war wirklich in seinem Element.

«Was soll dieses Theater hier?», stellte meine Mutter meinen Vater außerhalb von Franks Hörweite zur Rede.

«Schatz, ich erklär dir alles zu Hause. Bitte nicht jetzt», flehte mein Vater.

«Und wo ist der Kleine?»

Mein Vater sah sich suchend um. Den hatte er über dem ganzen Chaos vergessen.

«Du willst mir hoffentlich nicht erzählen, dass du ihn

auf einer Baustelle verloren hast.» Ihr Ton wurde drohender.

«Rob ist bei ihm», versuchte mein Vater sie zu beruhigen.

«Und wer ist Rob?» Die Frage ging an mich.

«Franks kleiner Sohn, der mit seiner Schwester für einige Zeit bei uns wohnt.»

Die Augen meiner Mutter verengten sich zu Schlitzen. «Das heißt, wir suchen jetzt zwei Kleinkinder auf einer Baustelle?» Dann stutzte sie kurz. «Die bei uns wohnen werden?»

Mein Vater war jetzt völlig hilflos. «Daran ist Puschel schuld.»

«Puschel? Der Hund? Hat er sie eingeladen?»

«Nein, Franks Brief vergraben.»

Meine Mutter atmete tief durch.

«Frank ist ein blöder alter Angeber», versuchte mein Vater zu erklären.

«Und das soll mir helfen zu verstehen, dass er bei uns wohnt?»

«Nein, das wird dir helfen zu verstehen, warum die Villa hier uns gehört», mischte ich mich ein. «Und warum du von Paps 'ne Krone mit Edelsteinen geschenkt bekommst.»

Meine Mutter sah zwischen mir und meinem Vater hin und her. «Euch kann man wirklich nicht mal ein paar Tage alleine lassen», schimpfte sie.

Jetzt kam Konny wieder zu uns. «Die Kleinen sind aufgetaucht. Die haben da hinten was gesammelt. Was für die Farm.»

«Wir haben jetzt auch noch eine Farm?», fragte meine Mutter entsetzt.

«Nein, nein, wir nicht. Nur der Junge», beruhigte mein Vater sie sofort.

Meine Mutter schüttelte den Kopf. «Ich überlege ernsthaft, ob ich die nächsten Tage auf einem unserer anderen Anwesen wohnen sollte.»

«Hey, du bist gut», freute sich mein Vater.

«Darf ich mitkommen?», wollte ich wissen.

10. Kapitel, in dem Konny
Kai etwas verspricht

«Okay, ich hab hier eine Liste», erklärte Kai, zog einen Zettel aus der Hosentasche, faltete ihn auseinander, strich ihn glatt und reichte ihn mir. Ich warf einen Blick darauf.

Kai, Sanny und ich saßen mit knurrendem Magen an unserem Esstisch und warteten auf Kelly. Ich hatte Kai zu uns zum Essen eingeladen, weil wir in Sachen Ball-Begleitung dringend einen entscheidenden Schritt weiterkommen mussten.

Kais Liste war eine Nummer für sich. Da fanden sich Angaben wie: «Das Mädchen, das immer am Zaun steht», oder «Das Mädchen, das das gleiche Shampoo benutzt wie ich», oder «Frau Winter» ... Moment.

«Frau Winter?!»

Kai nickte.

Ich sah ihn ungläubig an. «Frau Winter, die Gymnastiklehrerin?»

Kai nickte wieder.

«Junge, die ist jenseits sämtlicher Altersgrenzen.»

«Aber sie kann bestimmt gut tanzen.»

Sanny meinte sarkastisch: «Und als was wollt ihr gehen? Harold und Maud?»

Ich musste ein Lachen unterdrücken, und bevor Kai etwas sagen konnte, trat Ludmilla zu uns an den Tisch. «Wo sein amerikanische Mädchen?»

Ich zuckte mit den Schultern. «Keine Ahnung, Kelly wollte noch was erledigen, sollte aber nicht lange dauern.»

Ludmilla schüttelte unwirsch den Kopf. «Mädchen haben nur Kopf, um zu haben Platz für Frisur. Wenn nicht sein da in fünf Minuten, ihr essen.»

«Okay.»

«Du holen Piraten von Farm», instruierte sie mich.

«Konny! Rob!», brüllte ich aus Leibeskräften.

Ludmilla zuckte zusammen und machte einen Satz zur Seite. «Das ich hätten auch gekonnt.»

«Ich weiß, aber ich mach das gerne für Sie», lächelte ich ihr zu.

«Große Dummkopf von Tag zu Tag machen seine Namen mehr Ehre», brummelte sie und ging in die Küche.

«Kannst du mir mal sagen, was sie eigentlich gegen mich hat?», erkundigte ich mich bei Kai.

«Sie hält dich für einen großen Dummkopf», erklärte er.

«Oh, vielen Dank. Alleine wäre ich da nie draufgekommen.» Kai hatte manchmal wirklich den IQ eines Gummibärchens.

«Kein Problem, mach ich doch gerne», strahlte er mich an.

Ich ließ das unkommentiert und wandte mich wieder seiner Liste zu.

«Also, was meinst du?», wollte Kai wissen.

«Na ja … ob wir das englischsprechende Mädchen mit dem Reiseführer aus dem Bus nochmal wiederfinden, weiß ich nicht, aber ansonsten … Ist das hier eigentlich eine zufällige Reihenfolge?»

Bevor Kai dazu etwas sagen konnte, hielten unsere beiden Farmer Einzug.

Konny, Rob und Puschel hatten inzwischen eine Art Einheitslook. Na ja, in der Hauptsache Konny und Rob, sie trugen Jeans, ein kariertes Hemd (die Tatsache, dass Konny eigentlich nur gestreifte Hemden hatte, hatten sie korrigiert, indem sie einfach Querstreifen auf das Hemd gemalt hatten) und ein Tuch um den Hals. Auch Puschel hatte ein Tuch um den Hals gebunden. Soweit ich das erkennen konnte, handelte es sich bei Puschels Tuch um den teuren Schal meiner Mutter, den sie nur zu wichtigen Geschäftstreffen trug.

«Zieht wohl auf dem Schiff, was?», fragte Kai und deutete auf Konnys Halstuch.

«Das macht man so als Farmer, man hat eine Banane um den Hals gebunden.»

«Bandana», verbesserte Rob.

«Sag ich ja», meinte der Kurze.

«Farmer?» Kai überlegte. «Dann bist du kein Pirat mehr?»

«Nope», meinte der Kleine. «Das sagt man für Nein.»

«Und du hast jetzt 'ne eigene Farm?»

«Hm.» Der Kleine nickte. «Willst du sie mal sehen?»

Kai blickte sich irritiert um. «Hast du sie dabei?»

«Nein, nicht hier, sie ist in meinem Zimmer.»

«Ihr jetzt essen!», unterbrach Ludmilla, als sie mit der Suppe hereinkam. «Das sein gute Piratenessen.»

«Wir sind aber doch jetzt Farmer!», reklamierte der Kurze.

«Da, da. Ich verwechselt. Ich auch wollte sagen, das sein

gute Farmessen. Davon kleine Farmer werden große starke Farmer.»

Dann stutzte sie und sah zu Puschel. Der bemerkte ihren Blick und wurde immer kleiner, schließlich kroch er unter den Tisch.

«Ich gesehen Geziefer auf Fell von Hund laufen», informierte sie uns und bückte sich zu Puschel unter den Tisch.

Auch wir bückten uns alle und sahen unter den Tisch. Puschel wurde bei so viel Aufmerksamkeit immer unruhig und fing an zu jaulen.

«Was ist das denn für ein Brauch?», hörten wir eine gelangweilte Stimme. «Also, unter den Tisch krieche ich aber nicht.» Aha, Kelly war jetzt auch eingetrudelt.

Wir tauchten alle wieder unter dem Tisch hervor.

Bis auf Puschel.

«Sctzcn und essen und nächste Mal sein pünktlich», befahl Ludmilla Kelly. Die verdrehte die Augen, setzte sich aber brav.

Dann beugte sich Ludmilla noch einmal unter den Tisch und schaute Puschel an. Heftiges Gejaule war die Reaktion auf Ludmillas Blick, und Puschel kroch unter dem Tisch hervor. «Wo du haben Geziefer her?», schimpfte sie ihn an und eskortierte ihn nach draußen.

«Hallo, ich bin Kai», quietschte Kai, ließ kein Auge von Kelly, sprang auf und warf dabei fast den Tisch um, «darf ich?» Ohne eine Antwort abzuwarten, schöpfte er ihr Suppe auf. Als er ihr den Teller wieder hinstellte, hielt Sanny ihren Teller hin, was Kai aber gar nicht auffiel, weil er inzwischen Kelly Wasser eingoss und Brot reichte.

Sanny verdrehte die Augen und nahm sich selbst Suppe.

Kai blieb hinter Kelly stehen.

«Ist das euer neuer Butler?», wollte die wissen.

«Nein, der gehört zur Gnomenriege um Konny», erklärte Sanny kurz. Sie schien richtig supermiese Laune zu haben. Normalerweise genoss sie solche Beleidigungen, aber diesmal besserte sich ihre Laune nicht.

«Was?», fragte Kelly.

«Ich bin Kai», quiekte Kai nochmal und beugte sich dabei so unvermutet vor, dass Kelly erschrocken zusammenzuckte. «Und wenn ich was für dich tun kann ...»

«Ja, setz dich doch um Himmels willen», fauchte ihn Kelly an.

Kai taumelte zu seinem Platz und setzte sich mit einem blöden Grinsen.

«Kumpel, alles okay?»

Kai machte mir Zeichen, ich sollte mich zu ihm beugen. Das tat ich.

«Ich glaube, sie mag mich», flüsterte er mir zu.

«Hmmm», machte ich. Bei diesem Thema wollte ich mich lieber nicht festlegen.

«Ich will sie!», flüsterte mir Kai zu.

«Was?», flüsterte ich zurück.

«Kelly. Ich will mit Kelly zum Ball gehen. Vergiss die Liste, Kelly ist es. Sie ist perfekt.»

Kelly?! Ich überlegte, ob das wohl eine gute Idee war, kam aber nicht wirklich zu einem Schluss. Na, dann konnte es zumindest keine schlechte Idee sein. «Okay, das krieg ich hin, Kumpel», flüsterte ich.

Dann hörte ich plötzlich eine weitere Stimme, die definitiv nicht zu Kai gehörte. Sie kam aus der Küche und schallte bis zu uns ins Esszimmer: «Du kommen und reden in Küche, jetzt!»

Was denn?! Das gibt es doch nicht! Nie und nimmer hat Ludmilla hören können, was ich gesagt habe.

Ich ging gehorsam in die Küche.

Ich war noch nicht ganz im Raum, da fauchte sie mich bereits an: «Du nicht werden tun das!»

«Alles klar, ich mach es nicht.» Auf so eine Aufforderung Ludmillas konnte man nur mit blindem Gehorsam reagieren.

«Und was?», fragte sie streng.

«Äh ...?» Ich hatte keine Ahnung.

Sie sah mich finster an. «Du nicht werden kuppeln meine Kai mit diese Mädchen mit Kopf wie leere Topf.»

Puh, na das konnte ja lustig werden. Ludmilla kannte nämlich nichts, wenn es um Kai ging. Sie arbeitet auch für seine Mutter, und Kai war ihr erklärter Liebling.

«Aber wenn Kai doch unbedingt will? Außerdem ist es doch nur für den Ball ...»

«Mädchen nicht gut für Kai. Haben noch weniger in Kopf als große Dummkopf.»

Wow, Ludmilla konnte Kelly ja anscheinend noch weniger leiden als mich. Ich überlegte kurz, ob sie mich prinzipiell als Ballbegleiter für Kai akzeptieren würde. Allerdings verzichtete ich darauf zu fragen. Ich wollte mein Glück nicht zu sehr herausfordern.

Auf der anderen Seite, Glück? Das bräuchte ich nun wirklich. Es würde schwer genug werden, Kelly dazu zu bringen, mit Kai auf den Ball zu gehen. Aber wenn nun auch noch Ludmilla mit Argusaugen über mich wachen würde, um das zu verhindern, musste ich mir etwas einfallen lassen.

Nicht ganz einfach.

Gleichzeitig gab es der ganzen Sache aber den Romeo-und-Julia-Charakter. Vielleicht könnte ich damit arbeiten, denn dem können Mädchen schwer widerstehen.

Ich brauchte einen Plan.

Und etwas Warmes zu essen. Ich ging wieder zu den anderen.

Puschel sah mir sehnsüchtig hinterher. Anscheinend war seine Ungezieferbehandlung noch nicht beendet.

11. Kapitel, in dem Sanny in einen Kampf um David hineingerät

«Und was macht eure Villa und euer Jetset-Leben? Schon wieder zu neuen Reichtümern gekommen?»

«Keine Ahnung, ich habe den Überblick verloren. Konny und Ludmilla haben sämtliche Hemmungen verloren. Wenn ich das richtig mitbekommen habe, besitzen wir inzwischen ein Schloss in Schottland und sind bei der englischen Königin zum Tee eingeladen. Mein Vater soll einen Entwurf für einen Anbau präsentieren.»

Liz lachte.

Wir standen vor dem Theater und warteten auf David. Auch heute war wieder Beschatten angesagt. Kelly wollte nicht mit, sie fand es ziemlich albern und wollte wissen, was wir eigentlich gegen David hätten, er wäre doch sehr nett. Irgendwie hatte sie das Konzept unseres Plans nicht begriffen.

«Achtung.»

Die Tür öffnete sich, und David und Jennifer kamen heraus. Liz zog mich weiter hinter die Mauer. Wir standen in leicht gebückter Haltung da.

«Ist was?»

Ich drehte mich um. Ein kleiner Junge stand vor beziehungsweise hinter uns.

«Nein, alles okay.»

«Ich kann euch suchen helfen. Ich bin gut im Finden.»

«Danke, lass mal und jetzt geh weiter.»

«Aber ich mache das gerne.»

Ich seufzte. Während ich mich mit dem Kleinen rumschlagen musste, versuchte Liz David und Jennifer im Auge zu behalten.

«Pass auf, Kleiner, wir brauchen dich nicht, klar. Und jetzt zieh Leine.» Das fehlte noch, dass wir wegen dem Zwerg auffliegen würden.

Die Chancen dafür standen gut, denn jetzt fing der Kleine auch noch an zu weinen. «Ich wollte euch doch nur helfen, und du bist so gemein zu mir.»

Liz sah mich vorwurfsvoll an, und gemeinsam versuchten wir den Kleinen wieder ruhig zu bekommen. Das gelang uns schließlich mit einem großen Eis, für das wir ihm das Geld gaben.

«Und jetzt helfe ich euch suchen.»

«Wir müssen echt weiter.»

Der Mund fing wieder gefährlich an zu zittern, und die Mundwinkel machten sich langsam, aber sicher auf den Weg in Richtung Kinn.

«Aber es wäre echt super, wenn du hier für uns noch ein wenig suchen könntest, während wir schon mal gehen», sagte Liz rasch.

Der Kleine strahlte. «Klar, gerne.»

«Okay, dann mach's gut und viel Glück.»

Wir wollten los.

«He, halt, wartet», rief er uns nach.

Wir duckten uns sofort wieder hinter den nächsten Busch. «Was denn noch?»

«Was habt ihr denn verloren?»

«Eine rote Haarspange», sagte Liz, ohne zu zögern.

«Okay», der Kleine fing an zu suchen, und wir liefen endlich David und Jennifer hinterher.

«Du hast doch nicht wirklich eine Haarspange verloren?», vergewisserte ich mich. Irgendwie kam die Antwort so prompt, dass ich ins Zweifeln gekommen war.

Liz schüttelte den Kopf. «Nö, aber so was kann man immer brauchen. Falls er sie finden sollte.»

Ich nickte und überlegte noch, wie logisch Liz' Antwort war, da waren wir auch schon bei der Eisdiele. Wir bezogen wieder unseren üblichen Beobachtungsposten.

David sah sich suchend um. Er schien ein wenig nervös. Ob er uns bemerkt hatte oder etwas ahnte?

Da grinste er plötzlich und ging auf einen Tisch zu. Jennifer ging ihm widerstrebend nach.

«Hey, das ist doch dein Ami-Besuch», schubste mich Liz an.

Liz hatte recht. David war strahlend wie ein Honigkuchenpferd auf den Tisch zugegangen, an dem Kelly saß.

Jetzt stand er neben ihr, begrüßte sie und zog sich einen Stuhl heran. Er setzte sich neben Kelly. Jennifer schien leicht zu protestieren, aber David deutete nur auf einen Stuhl gegenüber. Jennifer jedoch wollte ebenfalls neben David sitzen und zog nun einen Stuhl auf Davids andere, noch freie Seite und nahm dort Platz. David widmete sich Kelly, Jennifer schien angenervt.

Liz grinste. «Also, Kelly ist echt nicht schlecht. Dieser Jennifer vermasselt sie ganz schön die Tour. Das war eine gute Idee von dir.»

«Was?»

«Na, Kelly hierherzuschicken.»

«Hab ich nicht. Sie meinte, sie hätte was vor, deshalb ist sie nicht mitgekommen. Ich hab nichts damit zu tun. Sie ist von selbst gekommen.»

Liz sah mich kurz prüfend an. «Hm, sie zeigt Eigeninitiative.»

Ich war mir nicht ganz sicher, ob das nicht vielleicht doch ein wenig zu viel Eigeninitiative war, hielt aber erst mal meinen Mund. Kelly flirtete inzwischen hemmungslos mit David.

Sie lachte, warf den Kopf nach hinten und schüttelte ihr Haar, was das Zeug hielt.

David fuhr voll darauf ab. Das konnte man unter anderem an Jennifers immer stärker wippendem Fuß erkennen.

Jetzt legte Kelly spielerisch ihre Hand auf Davids Arm und ließ sie dort liegen.

Jennifer sah das, und ihre Augen versprühten ein ganzes Blitzgeschwader. Sie legte ihre Hand auf Davids anderen Arm. Allerdings bei weitem nicht so cool und spielerisch wie Kelly. Was zum einen aber auch an der Blumenvase lag, die im Weg stand und bedenklich wackelte. Ja, von Kelly konnte man wohl doch einiges lernen.

Jetzt stellte sich langsam auch auf Liz' Stirn eine Unmutsfalte ein. «So langsam reicht es aber», verkündete sie. «Ich geh da jetzt rüber.»

«Er hat aber nur zwei Arme. Es ist keiner mehr frei», gab ich zu bedenken.

Liz war schon unterwegs. Sie stellte sich hinter David, spielte die Erstaunte und umarmte ihn von hinten. Dabei schien sie wohl einen leichten Würgegriff anzuwenden, denn David verlor kurzfristig die Balance, kippte leicht nach hinten und ruderte wild mit den Armen. Dabei fielen die Hände von Kelly und Jennifer auf den Tisch.

Liz nahm sich einen Stuhl und quetschte sich zwischen Kelly und David.

David war sichtlich überfordert von der Situation. Und schaute wie ein Kalb, wenn's donnert.

Liz fing an zu plaudern, und an einer Stelle warf sie sogar ihren Kopf nach hinten, wie Kelly zuvor. Liz lernte schnell. David dagegen umso langsamer. Er sah zwischen den Mädchen hin und her, als würde er sich gerade in einem Horrorfilm befinden.

Dann tauchte auch noch der Junge vom Theater auf, der nach der roten Haarspange gesucht hatte. Er kaufte sich sein Eis, entdeckte Liz am Tisch, ging auf sie zu und redete mit ihr.

Als er wieder ging, sah er mich und winkte mir zu. Jetzt sahen alle zu mir rüber.

Klasse.

Ich bückte mich schnell und tat so, als ob ich meinen Schuh zubinden müsste. Als ich mich wieder aufrichtete, zeigte ich mich überrascht und schlenderte zu ihnen rüber.

«Wer hätte das gedacht, dass ich euch alle hier treffen würde.»

Liz winkte ab. «Vergiss es und setz dich, Sanny.»

«Wohin?», fragte ich, weil ich mir nicht so sicher war, ob ich die Hühnerreihe fortsetzen oder der Versammlung gegenüber Platz nehmen sollte.

«Neben David!», sagte Liz streng und zeigte zwischen Jennifer und David. Okay, es war zwar wirklich hart an der Grenze von oberpeinlich, aber was tut man nicht alles für eine Freundin. Ich zwängte also noch einen Stuhl zwischen David und Jennifer, die unwillig zur Seite rückte und mich wütend ansah, sich aber nicht traute, offen dagegen zu protestieren.

Liz beugte sich zu Jennifer und meinte zuckersüß zu ihr: «Du musst Sanny unbedingt alles über euer neues Stück erzählen. Sanny brennt darauf, alle Einzelheiten zu erfahren.»

Wie bitte? Ich schaute Liz böse an: Sanny brannte da nicht die Bohne drauf. Liz warf mir einen flehenden Blick zu. Schon klar, ich hatte verstanden: Ich sollte Jennifer beschäftigen und sie von David ablenken.

Um allerdings Kelly von David abzulenken, hätte es eines Erdbebens bedurft. Es sah nicht gut aus für Liz.

12. Kapitel, in dem Konny versucht Amor zu spielen

«Als was sollen wir gehen?»

«Was?»

«Na, auf den Ball, Kelly und ich. Wir wäre es mit Robin Hood und Lady Marian?»

«Tja, ich weiß nicht, ob dir grün so gut steht.»

Kai und ich waren auf dem Weg zu einem Kostümverleih, Kai wollte sich «inspirieren» lassen. Es gab für ihn nur noch ein Thema: Kelly.

«Erzähl, haben ihre Augen geleuchtet?»

Ich sah Kai irritiert an. «Wovon redest du?»

«Na, als du sie gefragt hast, ob sie mit mir zum Ball geht?»

«Ich hab sie noch gar nicht gefragt.»

Kai schaute mich erschrocken an. «Aber bis zum Ball ist es nicht mehr lange hin.»

«Ja, ich weiß, aber nachdem ich auch weiß, wie wichtig sie dir ist, will ich kein Risiko eingehen, klar?»

«Es gibt ein Risiko?!» Kais Augen weiteten sich.

«Risiken gibt's immer. Aber ich hab alles im Griff.»

Ein leichtes, nicht wirklich einzuordnendes Grunzen kam von Kai. Ein erleichtertes Aufatmen wäre mir lieber gewesen. Aber wenigstens stellte er dazu keine weiteren Fragen mehr.

Ich hatte noch immer keinen blassen Schimmer, wie ich Kelly von der Idee überzeugen sollte, mit Kai zum Ball zu gehen. Und das vor Ludmilla auch noch geheim zu halten.

«Also, du bist nach wie vor sicher, es muss Kelly sein?», erkundigte ich mich vorsichtshalber noch einmal bei Kai.

«Ja, unbedingt», schwärmte Kai verträumt. «Sie ist so anders, weißt du? So wie nicht von hier.»

«Sie kommt aus L.A.»

«Ja, aber davon abgesehen, sie ist so, so … ähm … irgendwie … anders … und sie ist …»

«Sie ist was?»

«Sie ist … hier!», sagte Kai, erstarrte und schaute wie gebannt rüber auf die andere Straßenseite.

«Was?»

«Sieh jetzt nicht hin, aber da drüben sitzt sie», murmelte Kai heiser. «Siehst du? Da drüben im Eiscafé.»

«Wie soll ich sie denn sehen können, wenn ich nicht hingucken darf?»

«Okay, dann schau kurz hin, aber unauffällig.»

Ich schaute und hatte eine Idee. Das war die beste Gelegenheit, Kelly ein wenig an Kai zu gewöhnen und ihr Interesse an ihm zu wecken!

«Okay, Mann, wir gehen rüber, komm.»

«Das können wir doch nicht machen», quietschte Kai.

«Doch, das ist ganz einfach. Wir sehen nach rechts und links, und wenn kein Auto kommt, überqueren wir die Straße und betreten das Café. So was hab ich schon oft gemacht, vertrau mir.»

«Aber sie ist da.»

«Richtig, deshalb gehen wir ja auch hin.»

«Aber ich bin gar nicht richtig angezogen.»

«Heute ist ja auch noch nicht der Ball. Die Verkleidung brauchst du erst dann.» Während ich Kai Mut zuredete, zerrte ich ihn in Richtung Kelly-Tisch.

«Hi!», rief ich. Kai hob nur vorsichtig die Hand. Das war ja eine wilde Runde: Na, eigentlich keine Runde, sondern eine Gerade. Alle saßen nebeneinander, in der Mitte David. Liz und Sanny rechts und links neben ihm, eingerahmt von Kelly und … oh, einer schönen Unbekannten. Ich ging auf sie zu, setzte mein coolstes James-Bond-Lächeln auf und stützte mich lässig neben sie auf den Tisch.

«Hi, ich bin Konny, und du bist …?», fragte ich.

«… nicht im Geringsten interessiert», meinte sie und sah leicht indigniert auf meine Hand.

So was stecke ich lässig weg.

«Gib mir 'nen Hinweis. Irgendwoher kenne ich dich doch, oder?»

«Und ich kenn den Spruch irgendwoher.»

Okay, nicht so ganz die Reaktion, die ich erwartet hatte. Was war los mit den Mädels?!

Jemand zupfte mich am Arm, ich drehte mich um, es war Kai. Ach ja, richtig, ich war ja in einer Mission unterwegs. Mission Amor.

Okay, also Konzentration. «Was dagegen, wenn wir uns dazusetzen?»

«Da kommt es jetzt wohl auch nicht mehr drauf an», murmelte das unbekannte Mädchen und sah zu David. Ich setzte mich neben die schöne Unbekannte und gab Kai einen Schubs in Richtung des anderen Endes dieser Sitzreihe. «Kai, warum setzt du dich nicht neben Kelly?»

Kai wurde rot und ging im Zeitlupentempo zu Kelly, schob unbeholfen einen Stuhl neben sie und setzte sich. Als er saß, wurde er noch roter.

Bis zum Ball sollte er sich das aber abgewöhnen. Zu Grün sah das Rot nicht so gut aus. Vielleicht sollte er doch lieber Superman werden, zu dem blauen Umhang würde diese Gesichtsfarbe besser passen.

«Okay, hey, das ist ja echt ein Zufall, dass wir euch hier treffen. Weißt du, Kelly, wir haben gerade eben noch von dir gesprochen», rief ich an der Stuhlreihe entlang.

Vom anderen Ende der Reihe kam ein panisches Quieken. Das war Kai.

Kelly beugte sich nur kurz vor, sah mich an und meinte: «Ach was.» Dann wandte sie sich David zu. «Hast du das gehört? Sie haben von mir geredet», sagte sie spöttisch und zog die Augenbrauen nach oben.

David lächelte, woraufhin Liz sich schwer an seinen Arm hängte. Der Arme neigte sich ein wenig zur Seite.

«Die Aufführung wird sicher echt klasse», wandte sich jetzt die Schöne an David und lächelte ihn an.

«Ach, ihr habt genug über die Aufführung gesprochen», mischte sich Liz ein. «Sag mir lieber, wann wir uns morgen treffen, wegen der Kostüme.» Sie strahlte David an.

«Wir sollten telefonieren», brachte der mühsam heraus.

«Kai hat 'ne tolle Idee für ein Kostüm», versuchte ich die Aufmerksamkeit auf Kai zu lenken. «Er hat sowieso immer tolle Ideen. Kai ist ein echt super Typ.»

Liz und Sanny sahen erstaunt von mir zu Kai. Der versuchte zu lächeln.

«Also, ich denke, wir sollten doch nochmal über die Aufführung sprechen», versuchte es das Mädchen wieder.

«Da fällt mir ein, wusstet ihr, dass Kai auch mal Theater gespielt hat?»

«Echt?» Das kam ausgerechnet von Kai.

«Er redet da nicht so gerne drüber», erklärte ich Kelly.

«Dann sollten wir es doch vielleicht auch dabei belassen», entgegnete sie und wandte sich wieder an David. «In L.A. würdest du sofort 'ne Filmrolle oder ein Model-Angebot bekommen», lächelte sie ihm zu.

«Model, witzig, dass du das erwähnst, genau das ist Kai neulich auch passiert. Jemand hat ihn doch glatt angesprochen, ob er nicht Model werden will.»

Kelly gab wirklich gute Vorlagen. Leider sprang sie nicht so richtig darauf an.

«Wovon redet dein Bruder eigentlich dauernd?», flüsterte Liz Sanny hinter Davids Rücken zu.

Die zuckte mit den Schultern. «Realitätsverschiebung.»

«Aber was hat Kai damit zu tun?»

Sanny zuckte erneut die Schultern und starrte dann wieder gelangweilt geradeaus. Ja, meine Schwester war schon ein echtes Temperamentsbündel.

Die anderen Mädels fingen plötzlich wie auf Kommando an, auf David einzureden. Für einen Augenblick war ich fast ein bisschen neidisch, denn er stand sozusagen im Kreuzfeuer eines Mädchen-Geplappers. Bis auf meine Schwester redeten alle gleichzeitig auf ihn ein. Die Schöne von ihrer Aufführung, Liz von ihrem Kostüm und dem Ball und Kelly von L.A. und was er da alles Tolles machen würde. So umschwärmt zu werden hatte schon was.

Ich beugte mich hinter dem Rücken des Theatermädchens zu meiner Schwester.

«Was ist das hier eigentlich?», fragte ich Sanny.

«Jagdsaison.»

Aha. Mein Kandidat hatte in dieser Runde also keine Chance. Nicht neben David. Ich beschloss, daher nur Feldstudien zu betreiben und Kelly zu beobachten, um herauszufinden, in was für einen Typen ich Kai verwandeln musste, damit er Kellys ungeteilte Aufmerksamkeit bekam.

Das war ganz schön anstrengend, denn die Mädchen redeten alle gleichzeitig, mal schrill, mal flöteten sie in den höchsten Tönen, sie kicherten und gackerten und wurden immer lauter, weil sie sich gegenseitig übertrumpfen wollten. Nach kurzer Zeit brummte mir der Kopf, und meine Ohren klingelten.

Wer hätte gedacht, dass Amor einen so schweren Job hatte.

13. Kapitel, in dem Sanny
Fischfutter an
Ameisen verschwendet

Ich saß in meinem Zimmer und überlegte, wie ich Liz wohl weitere Beschattungs-Aktivitäten ausreden könnte. Irgendwie fand ich es völlig unnötig und im höchsten Maße peinlich. Aber wie konnte ich ihr das schonend beibringen, ohne sie dabei im Stich zu lassen?

Sie wollte gleich vorbeikommen, und ich wollte vorher noch schnell Rat bei meinen Orakelfischen suchen. Ich öffnete das Fischfutter, war aber so wuselig, dass mir die Dose aus der Hand und auf den Boden fiel. Ich fluchte kurz und bückte mich, um das Futter wieder einzusammeln. Dabei entdeckte ich ein paar Ameisen, die sich sofort in Richtung Fischfutter aufmachten und anfingen, es wegzutransportieren. Hm, hatte ich vielleicht gerade eine neue Orakelform entdeckt? Das Ameisenorakel. Falls ja, was war meine Frage gewesen? Und was bedeutete es, wenn Ameisen sich auf Fischfutter stürzten? Moment, mal. Ameisen?! In meinem Zimmer?!

«Yeiiiks!» Ich schrie auf, machte einen Satz nach hinten und knallte gegen Liz, die gerade in diesem Moment in mein Zimmer kam.

«Ameisen!», beschwerte ich mich und deutete auf den Boden. «Die klauen mein Fischfutter.»

Liz sah mich einen Moment an. «Das ist komisch. Aber

ehrlich gesagt, finde ich das mit dem Fischfutter nicht so schlimm wie die Tatsache, dass die Ameisen in deinem Zimmer sind.»

«Was meinst du, warum ich hier Luftsprünge mache?! Irgendwie tauchen in letzter Zeit dauernd welche hier im Haus auf. Ludmilla hat Puschel neulich schon einer Flohbehandlung unterzogen, weil ein paar Ameisen auf ihm herumgekrabbelt sind.»

«Na, wie auch immer, ich wollte dir nur kurz mitteilen, dass wir ab heute keine Beschattung mehr durchführen.»

«Waaas? Wieso? Wie kommst du darauf?»

«Ja, weißt du, wenn ich es mir recht überlege, war es doch eine eher merkwürdige Idee. Ich will dir da nicht zu nahetreten, aber in Liebesdingen bist du eben doch nicht so der allerbeste Ratgeber.»

Moment mal! Ich sah sie empört an.

«Also, ganz so schlecht war die Idee auch wieder nicht», begann ich das Beschatten zu verteidigen.

«Ich weiß nicht.»

«Wir haben eine Menge dadurch herausbekommen.»

«Ja, zum Beispiel, dass Kelly jetzt auch noch an Davids Lippen hängt.»

«Das kannst du mir aber nicht in die Schuhe schieben.»

«Dein Besuch. Deine Beschattungsidee», zählte Liz auf. «Sanny, sei mir nicht böse, aber ich will heute wirklich nicht mehr hinter all den Leuten herlaufen. Mir reicht's ganz einfach. Ich werde David jetzt mal ganz gehörig die Meinung sagen, und dann muss er sich entscheiden. Ich oder Jenny. Oder ich oder Kelly. Oder ich oder beide», hier stutzte Liz etwas. «Daran werde ich wohl noch ein wenig arbeiten müssen», murmelte sie. «Auf alle Fälle muss David Farbe bekennen und sich auch zum Thema Schulball äußern. Ich weiß wirklich nicht, warum ich das nicht gleich gemacht habe.»

Ich machte eine vage Geste.

Sie umarmte mich. «Sei bitte nicht allzu enttäuscht. Aber die Idee taugte nichts.»

Ich überlegte, ob ich noch weiter protestieren sollte, als der kleine Konny mit Puschel und Rob hereinkam. Sie sahen ziemlich abenteuerlich aus. Rob hatte eine dunkle Jacke an, die vermutlich von Konstantin stammte. Die Ärmel waren viel zu lang und dementsprechend hochgekrempelt, auf dem Kopf hatte er eine blau-weiße Strickmütze mit roten Sternchen. Konny hatte seinen Superman-Umhang umgehängt, einen Werbe-Sonnenhut einer Nudelfirma in strahlendem Gelb auf dem Kopf und seine Mickymaus-Sonnenbrille auf der Nase.

Selbst Puschel hatte die Sonnenbrille meiner Mutter an. Ich musste zugeben, dass sie ihm sogar recht gut stand.

«Hast du Mam gefragt?» Ich blickte ihn streng an und deutete auf Puschel und seine Sonnenbrille.

«Sie hat so viel zu tun, da muss ich sie doch nicht mit so was belästigen», antwortete er ungerührt.

Er war echt gut.

«Was ist das? Ist hier irgendwo eine Kinderfaschingsparty?», wollte Liz wissen.

«Wir sind Agenten», klärte Konny sie auf.

Rob nickte, wobei ihm die Mütze ins Gesicht rutschte und nur von den beiden Monster-Trucks rechts und links an seiner Sonnenbrille aufgehalten wurde.

Liz sah mich fragend an.

«Mein Vater hat sie mir aufs Auge gedrückt, und ich hatte ihnen versprochen, dass wir jemanden beschatten. Ich dachte, mit zwei kleinen Kindern wäre es vielleicht etwas unauffälliger geworden.»

Liz sah mich an, dann sah sie auf die Agenten-Truppe.

«Okay, so hab ich es mir natürlich nicht vorgestellt», gab ich zu. «Ich wusste nicht, dass sie sich verkleiden werden.»

Liz schüttelte kurz den Kopf und verabschiedete sich. «Ich ruf dich an, sobald sich was getan hat.»

Sie ging und ließ mich mit den Men in Black alleine. Nachdem ich nicht besonders wild darauf war, mit ihnen in die Öffentlichkeit zu gehen, veranstaltete ich erst mal einen Agenten-Lehrgang im Haus. Ich ließ sie durch das Wohnzimmer robben, sich im Keller verstecken und eine Viertelstunde mucksmäuschenstill sein. Als sie dann nach größeren Taten verlangten, setzte ich sie auf Ludmilla an. Sie sollten sie beschatten und jede ihrer Bewegungen genau aufzeichnen.

Ich fing gerade an, die Ausbilder-Rolle zu genießen, als Ludmilla wie eine Rachegöttin in meiner Zimmertür stand.

«Ich wissen, dass große Dummkopf hat solche Ideen, aber jetzt du auch? Was sein los mit deine Kopf? Du angesteckt von große Dummkopf?! Warum du setzen Agenten auf meine Waden?»

Ich schielte an ihr vorbei und sah ein paar betroffen dreinblickende Agenten hinter ihr stehen. Selbst Puschel ließ die Ohren hängen. Vermutlich, weil man ihn enttarnt hatte. Ludmilla hatte seine Sonnenbrille nämlich noch in der Hand.

«Was du haben zu sagen?»

«Sie sollten noch nicht in den Außendienst?»

Ludmilla holte tief Luft. «Eigentlich ich wollte große Dummkopf Auftrag geben, aber du dich gerade eben dafür gemacht fähig. Du werden Haus suchen nach A-Mäuse.»

«Ich soll in unserem Haus nach Mäusen suchen?»

«Wer das sagen?»

«Sie! Eben!» Ich hatte zum ersten Mal eine Ahnung, wie sich Konstantin gelegentlich fühlen musste, wenn er mit Ludmilla aneinandergeriet. Besser gesagt: wie er sich ständig fühlte, wenn er mit Ludmilla zu tun hatte.

«Was sind A-Mäuse?», fragte ich eingeschüchtert.

«Du nicht wissen, was A-Mäuse ist? Was du lernen in Schule? A-Mäuse bauen große Berg, bauen Straße, haben eigene Staat!»

In welchem Fach hätte ich da in der Schule aufpassen sollen? Politik? Geographie?

«Sind klein wie Krümel von Brot, krabbeln auf Boden?!»

Biologie offensichtlich.

«A-Mäuse. Hm. Oh: AMEISEN! Ja, da sind welche in meinem Zimmer, zum Beispiel.»

«Da», nickte Ludmilla wohlwollend. «Gut, du wissen, wovon ich reden. Und du jetzt werden suchen nach ihnen.»

«Im Ernst?» Ich sah sie ungläubig an.

«Da», nickte sie und ging aus meinem Zimmer.

Na, toll, jetzt konnte ich hier auch noch den Kammerjäger spielen.

Ich wollte gerade starten, da rettete mich ein Anruf von Liz.

«Alles geregelt», erklärte sie mir.

«Das heißt was?», fragte ich sicherheitshalber nach.

«David hat Stein und Bein geschworen, dass er nie Interesse an Jennifer oder Kelly hatte. Und wir gehen natürlich zusammen auf den Ball. Morgen wollen wir uns auf ein Kostüm einigen.»

«Na wunderbar, dann ist doch alles in Ordnung.»

«Ja, ich hätte allerdings noch eine Bitte. Könntest du Kelly sicherheitshalber die nächste Zeit etwas beschäftigen?»

«Wieso fragt mich das eigentlich jeder?», murmelte ich.

«Was?»

«Schon gut, aber du weißt nicht, wie nervig sie ist.»

«Doch, weiß ich, und ich wäre dir auch total dankbar. Einfach nur so zur Sicherheit, okay?»

Ich sagte zu und versuchte für den Rest des Tages Ludmilla aus dem Weg zu gehen.

14. Kapitel, in dem Konny
mit Kelly
zum See geht

«Und das hier wolltest du mir zeigen?» Kelly sah sich um.

«Ach, das ist doch nichts Besonderes», winkte ich lässig ab.

«Stimmt genau. Was anderes hätte ich auch nie behauptet.»

Ich sah mich jetzt ebenfalls um. Wir waren am See an dem kleinen Kiosk von Sarahs Großvater. Sarah hatte heute keinen Dienst, aber dafür beobachtete mich ihr Großvater ganz genau. Ich hatte Kelly hierhin eingeladen, weil Sarah immer sagte, zum Glück strahlen der See und die Ecke hier so viel Ruhe aus, sonst hätten wir schon die heftigsten Kräche gehabt. Na, und diese beruhigende Wirkung wollte ich nutzen, wenn ich Kelly dazu überreden würde, mit Kai zum Ball zu gehen. Harmonie und ausgestrahlte Ruhe würden meine Verbündeten sein.

«Diese Ecke hier ist echt langweilig und öde», meckerte Kelly.

«Man könnte aber auch sagen, beruhigend und harmonisch», lächelte ich sie auf meine charmanteste Art und Weise an.

Kelly sah sich wieder um, schüttelte den Kopf. «Nur vollkommen hirnamputierte Hinterwäldler würden so was sagen.»

Okay, ich würde auf mich alleine gestellt sein.

«Hier sind gerade alle ganz aufgeregt wegen des großen Balls», begann ich.

«Alle? Auch die Leute, die diesen Platz beruhigend und harmonisch finden?»

«Der wird echt klasse, wir haben ein Motto: berühmte Paare!»

Kelly sah mich unbeeindruckt an. «Und?»

«Du wärst sicher prima. Ich meine, du siehst doch sowieso schon aus wie eine Berühmtheit. Ich wette, du würdest den ersten Platz machen.»

«Aha.» Kelly holte eine Nagelfeile aus ihrer Tasche und fing an ihre Nägel zu bearbeiten.

«Alle Jungs würden dir zu Füßen liegen», arbeitete ich mich langsam vor.

Keine Reaktion.

«Vorausgesetzt natürlich, du hättest den richtigen Begleiter.» Okay, Frontalangriff.

Sie stoppte für einen Moment. «Damit meinst du hoffentlich nicht dich.»

«Was?! Nein, nein, auf keinen Fall.» Ich sah schnell zu Sarahs Großvater, der sich ein wenig weiter aus seinem Kiosk gelehnt hatte und mich finster anstarrte.

«Ich gehe da mit meiner Freundin hin, und das ist auch die Einzige, mit der ich da erscheinen möchte.»

«Warum schreist du denn jetzt so?»

Das wollte ich ihr lieber nicht so genau erklären. Aber Sarahs Großvater zog sich wieder brummelnd zurück.

«Okay, du kennst doch Kai?»

«Wen?»

«Kai.»

«Nö.»

O Mann, so langsam artete das hier wirklich in Schwerstarbeit aus. «Mein Freund Kai.»

«Ich denke, du hast eine Freundin.»

«Was?» Wieder lehnte sich der Großvater nach vorne. «Nein, nein. Ich meine meinen besten Kumpel Kai. Mit dem ich immer hier angeln gehe und mit dem sich Sarah auch so gut versteht.» Die letzten Sätze waren wieder etwas lauter und gingen in Richtung Großvater.

«Du brauchst wirklich nicht so zu brüllen. So interessant ist das alles gar nicht», mokierte sich Kelly und rückte leicht von mir ab.

«Okay, also mein Freund Kai, du hast ihn letztens beim Essen bei uns gesehen.»

«Hat er serviert?»

«Er saß neben mir!»

Kelly zuckte die Schultern. «Möglich. Wer merkt sich denn schon so was.»

«Okay, wie auch immer. Du brauchst also einen Begleiter für den Ball, und ich könnte Kai fragen, ob er mit dir dort hingehen würde.»

«Nicht nötig.»

«Mach ich gerne.»

«Aber ich nicht.»

«Gut, also im Vertrauen, Kai findet dich schon echt gut. Ich denke, es wäre nicht so schwer, ihn dazu zu bringen, sich für dich zu entscheiden.»

«Und warum würde ich das überhaupt wollen?!»

«Kai ist ein echt cooler Typ, der Junge hat es echt drauf.»

«Ist dieser Kai so cool, wie der See hier harmonisch und beruhigend ist?» Das klang irgendwie sarkastisch. Murks, was war denn jetzt darauf die richtige Antwort?

Kelly grinste. «Schon gut. Vergiss es einfach. Ich kann mich ja kaum an diesen Typen erinnern. Wie soll ich da auf den Ball mit ihm gehen? Ich würde ihn dort sofort verlieren und nie wiederfinden.»

«Komm schon, Kelly, es wäre doch nur für den Ball, und hinterher wirst du ihn nie wiedersehen.»

«Ich hab 'ne bessere Idee. Ich sehe ihn vorher schon nie wieder.» Sie stand auf und packte ihre Nagelfeile wieder ein. «Und außerdem hat mich David schon gefragt, ob ich mit ihm zum Ball gehe.»

«Und? Gehst du mit ihm hin?»

«Keine Ahnung.» Sie zuckte die Schultern. «Und jetzt entschuldige mich, ich muss ein paar Geschäfte sehen, hier draußen verblödet man ja.»

Sie ging.

Okay, ich hatte noch keine Zusage. Aber David hatte sie auch nicht. Also hatte ich noch die besten Chancen.

Aber vielleicht brauchte ich Hilfe …

«Von mir?! Du brauchst Hilfe von mir?!»

«Nun, brauchen ist vielleicht ein wenig zu hart formuliert, aber ich dachte, du würdest vielleicht Teil einer guten Sache werden wollen.» Ich lächelte meine Schwester gewinnend an und trat in ihr Zimmer. Sie hatte ein Mathebuch in der Hand und schaute mich ungläubig an.

«Eine gute Sache, an der du beteiligt bist?! Das ist ein Widerspruch in sich.»

«Na komm schon, du tust ja gerade so, als hätte ich dich gefragt, ob du mit mir zum Ball gehen würdest.»

Ein würgendes Geräusch plus entsprechendem Gesichtsausdruck war die Antwort meiner Schwester.

«Und ich hab es dir schon ein paarmal gesagt, auf diese Geräusche solltest du echt verzichten. Die Jungs stehen da absolut nicht drauf. Nimm diesen Tipp als Zeichen meiner geschwisterlichen Zuneigung. So, und jetzt zu *deinem* Zeichen geschwisterlicher Zuneigung.»

Ich warf mich auf Sannys Bett und versuchte ihr genervtes Gesicht und die hochgezogenen Augenbrauen so gut wie möglich zu übersehen. «Sieh mal, du magst Kai doch auch, oder?»

Sie zuckte die Schultern. «Er ist nicht ganz so bescheuert wie du oder Felix.»

«Siehst du!» Ich strahlte sie an. «Es ist für Kai!»

«Und inwiefern sollte es wohl gut für ihn sein, mit Kelly auf den Ball zu gehen?!»

«Er möchte es so gerne. Sein ganzes Selbstbewusstsein hängt an dieser Verabredung. Wenn das nicht klappt, könnte das schwerwiegende Folgen für sein gesamtes späteres Liebesleben haben.» Ich sah sie durchdringend an. «Und dafür willst du doch sicher nicht die Verantwortung übernehmen?»

Sanny lachte. «Oh, bitte, jede Minute mit dir hat schwerwiegende Folgen für sein ganzes späteres Sozialleben.»

«Sanny, komm schon, gib deinem Herzen einen Ruck.»

Sanny starrte mich einen Moment lang an. «Dann würde sie wenigstens David in Ruhe lassen», murmelte sie vor sich hin.

Keine Ahnung, was sie damit wieder meinte. «Genau!», strahlte ich sie an.

«Na gut, ich rede mit Kelly.»

«Super!» Ich stand auf. Mission erfolgreich.

«Irgendwas, was ich wissen müsste?»

Ich überlegte kurz. «Eigentlich nicht, Kai ist ein cooler Typ, auf den alle Mädels stehen.»

Sanny verdrehte die Augen.

Ich machte eine beschwichtigende Geste.

«Ja, ja, ich weiß. Das Frisieren der Realität hat in diesem Hause ja gerade Hochkonjunktur.»

«Du sagst es, Schwesterherz, du sagst es. Vielleicht solltest du das auch mal für dich nutzen. Ich meine, könnte nicht schaden ...»

Ich konnte gerade noch schnell genug die Tür hinter mir zuziehen. Dann knallte ein Buch von innen gegen die Tür.

«Du solltest wirklich ordentlicher mit Schuleigentum umgehen», riet ich ihr, während ich schnell in mein Zimmer rannte und die Tür verriegelte.

15. Kapitel, in dem Sanny versucht Amor zu spielen

Meinem hirnamputierten Bruder würde ich definitiv keinen Gefallen tun. Ich tat es für Liz. Ob man Kai damit wirklich einen Gefallen tat, bezweifelte ich zwar, aber offensichtlich wollte er es ja selbst so. Manche lernen eben nur auf die harte Tour.

Ich suchte Kelly ... und fand sie erstaunlicherweise in der Küche bei Ludmilla.

«Da, in Minsk wir nehmen Papier zum Schmirgeln, um machen Lack von Finger weg.» Ludmilla lachte ihr dröhnendes Lachen.

Wow, die beiden tauschten Schönheitstipps aus.

Kelly sah entsetzt auf ihre Fingernägel und machte insgesamt einen leicht mitgenommenen Eindruck.

Ludmilla hatte ihre Taktik geändert. Nachdem sie nun nicht mehr bodenlos übertreiben durfte, was die Gold- und Erdölvorräte in, unter und um unser Haus herum anbelangte, und auch alle sonstigen Luxusdinge wie Kronen, Zepter und goldene Waschmaschinen gestrichen waren, musste sie sich anderweitig bei Laune halten. Das tat sie, indem sie Kelly Koch- und Haushaltsunterricht gab. Und Kelly traute sich nicht zu widersprechen, was eine Menge über Ludmillas «Überzeugungskraft» aussagte, weil Kelly sich sonst von nichts und niemandem beeindrucken ließ.

«Na, schon auf den großen Ball gespannt?», fing ich das Gespräch mit Kelly an.

«Müssen wir dafür kochen?», fragte sie leicht panisch.

Ich schüttelte den Kopf. Wow, Ludmilla leistete ja ganze Arbeit.

«Nein, wir müssen uns nur einen Partner suchen und uns dann als berühmtes Liebespaar kostümieren», beruhigte ich sie.

Kelly verdrehte die Augen.

«Ach, das wird bestimmt lustig. Das beste Paar wird sogar prämiert.»

«O bitte, ich war schon Miss Happy Face und Miss Mall.»

«Miss Mall? Mall ist ein Einkaufscenter, richtig? Du warst Miss Einkaufscenter?!»

«Nur die besten kommen da hin!», fauchte sie mich an.

Ich unterdrückte einen heftigen Lachkrampf und versuchte mich auf meine Aufgabe zu konzentrieren. «Das muss toll gewesen sein», presste ich hervor.

«Ja, war es!», sagte sie kurz.

«Da haben wir ja gegen dich keine Chance, wenn du kommst», versuchte ich sie zu locken.

«Das wird wohl so sein», meinte sie spitz.

Ich überlegte. «Hm, mit wem könntest du denn da hingehen?»

Kelly reagierte nicht weiter.

Gut, nächste Stufe. Ich tat so, als wäre mir gerade etwas eingefallen. «Hey, wie wäre es mit Kai?»

«Mit wem?»

«Kai?»

«Irgendwie kommt mir der Name bekannt vor, aber ich hab trotzdem keine Ahnung, wer das ist.»

Na toll. Was musste man eigentlich machen, damit Kelly sich an einen erinnerte? Wahrscheinlich der Freund eines anderen Mädchens sein. Egal, genau darum ging es ja, ich wollte sie Liz erst mal vom Hals schaffen, also weiter.

Ich zeigte mit der Hand Kais Größe an. «Ungefähr so groß, kurzes Haar, ein Freund von Konny – dem Großen –, und er war neulich hier bei uns zum Mittagessen.»

Kelly starrte nachdenklich auf eine Kartoffel. «Kann es sein, dass dein Bruder mich schon nach ihm gefragt hat?»

Ich machte eine vage Geste.

«Ihr reden von meine Kai?», mischte sich jetzt Ludmilla ein.

Kelly sah mich groß an. «Kai ist ihr Sohn?»

Ich schüttelte den Kopf in Kellys Richtung und nickte in Ludmillas.

«Kai sein gute Junge.» Ludmilla liebte Kai und ließ nie etwas auf ihn kommen.

«O sicher, Kai ist klasse», beeilte ich mich zu sagen.

«Da, er sein besondere Junge. Kein anderer Junge kann machen so gut Vareniki wie Kai.» Sie sah drohend zu Kelly.

Die nickte sofort anerkennend und beugte sich dann zu mir. «Was ist Vareniki?», fragte sie flüsternd. «Eine russische Sportart?»

«Teigklopse mit Füllung», flüsterte ich zurück.

«Und wozu soll das gut sein?», fragte Kelly völlig verblüfft.

«Nahrung?», schlug ich vor.

«Kai zu jung für Ball mit Mädchen», erklärte Ludmilla jetzt.

«Tja, dann wäre das Thema ja erledigt», meinte Kelly.

«Er sein nicht gut genug?», fauchte Ludmilla jetzt Kelly an.

«Oh ... äh ... zu gut, er ist zu gut», stotterte sie. Es war wirklich unglaublich, was Ludmilla für eine Wirkung auf Leute hatte. Selbst unser Hund Puschel warf sich jedes Mal auf den Rücken und stellte sich tot, wenn sie vorbeikam. Wenn *wir* ihm einen Befehl gaben, hob er kaum den Kopf und machte munter den Unsinn weiter, mit dem er begonnen hatte.

«Er nie machen Chosen schmutzig und haben gute Manieren. Wissen, wie man geht um mit andere. Er sein beste Junge.»

So langsam geriet die ganze Sache ja völlig außer Kontrolle. Wenn Ludmilla so weitermachte, würde Kai die nächsten fünfzig Jahre kein Mädchen für den Schulball finden. Ich überlegte verzweifelt. Irgendwie musste ich Kelly hier herauslotsen.

Oder zumindest mich.

Es klingelte, und selbst Kelly sprang auf, um die Tür zu öffnen.

Ludmilla hob nur die Hand. «Ich gehen.»

Kelly und ich sahen uns an.

Kurz darauf kam Ludmilla mit Hubertus im Schlepptau wieder.

Oh! Das hatte ich fast vergessen. Wir waren ja verabredet. Hubertus küsste mich zur Begrüßung, was sofort Kellys Interesse weckte. An ihm.

«Hi, ich bin Kelly», hauchte sie und ging auf ihn zu. Hubertus bekam große Augen, sagte nichts und sah mich nur hilfesuchend an.

Ich sah auf die Uhr. «Wir müssen jetzt los. Sonst schließt der Kostümverleih.»

«Ah, du gehst auch auf den großen Ball», lächelte Kelly Hubertus an.

«Yap!»

«Und zwar mit mir», fügte ich schnell hinzu, hängte mich an Hubertus' Arm und zog ihn aus der Küche. Kelly kam hinter uns her. Wir waren schon fast aus der Tür, da stoppte uns mein Vater. Er spielte mal wieder den Kumpel, klopfte Hubertus auf die Schulter und zwinkerte ihm zu. Ich hasste das. Es war grottenpeinlich.

«Was habt ihr vor?», wollte er wissen.

«Wir gehen zum Kostümverleih.»

«Na, junger Mann, ob ich Ihnen wohl so einfach meine Tochter anvertrauen kann», scherzte er.

«Ich kann ja mitgehen», schlug Kelly vor.

«Was?!»

«Gute Idee», meinte mein Vater. «Unser Kostümverleih ist sehr interessant.»

«Was?!»

Mein Vater sah mich leicht hilflos an. «Oder nicht?»

Kelly hakte Hubertus unter und ging schon los.

Ich beeilte mich, hinter den beiden herzulaufen. Klasse.

Der Weg zum Kostümverleih war die reinste Nervtour. Kelly plapperte und plapperte und plapperte. Hubertus sah mich fragend an und schien leicht überfordert von Kelly. Allerdings blieb er höflich, was mich noch zusätzlich nervte.

Konnte nicht ein Typ mal zu ihr sagen: «Lass mich in Ruhe, Mädel, du nervst?»

Im Laden drehte Kelly dann völlig auf.

«Du könntest als Profisportler gehen», meinte sie zu Hubertus mit einem Augenaufschlag.

«Pah, von wegen. Hubertus ist so was von unsportlich, der wird selbst von einer gehbehinderten Schnecke abgehängt.»

Ich weiß nicht, wer mich erstaunter ansah, Hubertus, Kelly oder der Ladenbesitzer. Zum Glück konnte ich mein eigenes Gesicht gerade nicht sehen, denn ich war selbst erstaunt über das, was ich da eben gesagt hatte.

«Oh, vielen Dank», meinte Hubertus. «Das heißt, wir gehen dann wohl nicht als Andre Agassi und Steffi Graf?»

«Du weißt schon, wie ich das meine», fauchte ich.

«Ich kann mir dich schon richtig gut auf dem Eis vorstellen», lächelte Kelly Hubertus an.

«Klar, mit ’nem Tennisschläger», murmelte ich und wandte mich an den Ladenbesitzer. «Haben Sie Marie und Pierre Curie?»

«Wen?»

Hubertus sah mich bedeutungsvoll an. «Ha!»

«Haben Sie Kostüme passend zu Anfang des neunzehnten Jahrhunderts», vereinfachte ich meine Frage. «Und nebenbei, Marie Curie war eine sehr bekannte Wissenschaftlerin!»

«Als so was Verstaubtes wollt ihr gehen?», mokierte sich Kelly.

«Also bitte, alle unsere Kostüme sind frisch gereinigt», empörte sich jetzt der Mann vom Kostümverleih.

Während ich versuchte den Mann zu beruhigen, stöberte Kelly einen Kleiderständer mit Kostümen durch. «Als was kannst du dir mich am besten vorstellen?», wollte sie von Hubertus wissen.

«Pass auf, was du sagst!», warnte ich ihn.

Hubertus sah von mir zu Kelly, dann zu dem Ladenbesitzer und wieder zu mir. «Weißt du, ich denke, wir verschieben das einfach nochmal. Ich muss noch was erledigen.»

Und damit ergriff er die Flucht. Kelly sah ihm enttäuscht hinterher, ich wütend.

«Wenn Pierre einfach gegangen wäre, hätten sie nie den Nobelpreis bekommen!», rief ich ihm nach.

«Er konnte ja auch wissenschaftliche Experimente durchführen und musste sich nicht für ein Kostüm entscheiden. Ich ruf dich an, Sanny.»

Und jetzt war er wirklich weg.

Ich starrte Kelly wütend an. «Warum interessierst du dich eigentlich immer nur für die Typen, die schon eine feste Freundin haben?»

Kelly sah mich fragend an.

«David, Hubertus. Und an Kai kannst du dich nicht mal erinnern.»

«Kai ...»

«Ach vergiss es.» Ich war echt sauer.

«Wieso nehmt ihr das hier eigentlich alles so ernst?», fragte Kelly erstaunt. «Ich meine, wo bleibt denn da der Spaß?» Und damit rauschte sie aus dem Laden.

Der Ladenbesitzer räusperte sich. «Ich hätte da noch einen Laborkittel. Sie sollten sich aber schnell entscheiden. Dr. Frankenstein ist gerade groß in Mode.»

16. Kapitel, in dem Konny
den Bogen überspannt

«Und was genau hast du dem Typen erzählt, damit er seine Plätze mit uns getauscht hat?»

«Was? Och, nur dass du ein Eistrauma hast, weil du einmal fast eingebrochen wärst und dein Therapeut gemeint hat, dass man dich wieder ans Eis heranführen sollte und dich damit konfrontieren muss. So direkt wie möglich. Deshalb wären die Plätze nahe an der Eisfläche sehr hilfreich für deine Genesung.»

«Was?!» Sarah sah mich völlig empört an.

Jetzt wandte ich mich für einen Moment von dem Geschehen auf der Eishockeyfläche ab und sah Sarah an. «Keine Angst, er hat eh nur die Hälfte verstanden. Er kommt aus Mexiko oder so.»

«Ich glaub einfach nicht, dass du so was getan hast.»

«Hey, für dich!» Ich lächelte sie ganz liebevoll an. «Wenn wir schon mal zusammen zum Eishockey gehen, sollst du auch die beste Sicht bekommen.»

«Das bringt mich zu meiner nächsten Frage: Warum Eishockey?»

«Du hast doch mal gesagt, dass dich das interessiert.»

«Das war Eiskunstlauf!»

«Hm. Aber es ist nahe dran. Die Jungs da tragen auch Schlittschuhe.»

«Konny, kann es sein, dass nur du zu diesem Eishockeyspiel wolltest?»

«Aber nur mit dir.» Ich legte meinen Arm um sie und küsste sie. Himmel, war sie süß. Vor allem, wenn sie sauer war. Aber warum um alles in der Welt war sie jetzt bloß wieder sauer? Mädchen!

«Gut, kommen wir zurück zu deinen Lügengeschichten.»

«Du meinst, meine kleinen Realitätskorrekturen?»

«Ich meine Lügengeschichten!»

Wow, Sarah war heute ja wirklich nicht gut drauf.

«Was denn, ich helfe den Leuten doch damit, wenn ich die Realität ein wenig in eine Richtung biege, sodass sie angenehmer für sie ist. Es ist nur zu ihrem Besten.»

Sarah sah mich mit hochgezogener Augenbraue an.

«Und es tut doch auch keinem weh», fügte ich schnell hinzu.

«Ja klar, der Typ da oben ist sicher sehr froh, dass er jetzt so weit von der Eisfläche weg sitzt. Das ist nur zu seinem Besten», meinte Sarah und deutete auf den Mann, mit dem ich die Plätze getauscht hatte.

Ich sah zu ihm. «Aber er sieht nicht aus, als ob er Schmerzen hätte», gab ich zu bedenken. «Außerdem, wer weiß, vielleicht erkältet er sich leicht, und da hinten ist es bestimmt wärmer.»

Sarah seufzte und verdrehte die Augen.

«In der Hauptsache beugst du die Wahrheit, damit du gut wegkommst. Und das nervt mich tierisch. Ich weiß nie, wann du etwas ernst meinst und wann wir uns mal wieder in einer Konny-Realität bewegen.»

«Sind die Konny-Realitäten denn so schlimm?» Ich lächelte sie mit all meinem Charme an.

«Sie sind nicht echt. Konny! Sie existieren nur in deinem Kopf, und alle anderen müssen dafür bezahlen. Zum Beispiel dieser Typ dort.»

Schon wieder der Kartentyp.

Ich winkte ihm zu. «Alles okay?», rief ich ihm zu.

Er nickte und machte ein Daumen-hoch-Zeichen.

Ich drehte mich wieder zu Sarah. «Siehst du, es ist okay für ihn. Also, warum soll ich mich denn deswegen schlecht fühlen?»

«Weil du ihn angelogen hast!»

«Die Realität geb…»

«Konny!», fiel mir Sarah ins Wort.

Okay, ich würde diesen Ausdruck wohl erst mal nicht mehr verwenden.

«Wahrscheinlich kannst du ohne deine Lügen-Storys schon gar nicht mehr leben. Oder vielleicht kannst du auch schon gar nicht mehr unterscheiden, was echt ist und was du erfunden hast», redete sich Sarah in Rage.

«Hey, Moment, du meinst, ich bin so was wie abhängig, oder was?»

«Wer weiß, kann ja sein.»

Ich lachte. «O bitte. Ich hab doch immer alles im Griff.»

«Ach ja?»

«Ja, sicher.» Ich winkte lässig ab. «Du willst nur noch die Wahrheit hören, okay, bekommst du. Du wirst nicht mehr erleben, dass ich irgendwelche Storys erzähle und Realitäten verändere. Ehrenwort!»

«Ach, das schaffst du doch gar nicht.»

«Du wirst es sehen.»

«Meinst du das ernst?»

«Ja, wenn es dir so wichtig ist. Sicher. Ich mach es für dich.»

«Gut, dann bring das mit den Karten in Ordnung.»

«Was?!»

«Mit den Karten hier. Geh zu dem Typen und erkläre ihm, was du für 'ne Schau abgezogen hast, und dann geben wir ihm seine Plätze wieder, und wir setzen uns nach hinten.»

«Aber ...» Ich sah verzweifelt von den Logenplätzen direkt an der Eisfläche zu dem Typen in der hinteren Reihe. Hey, Moment mal. Wo war er denn? Er war weg! Wenn das kein Zeichen war.

Ich drehte mich siegessicher zu Sarah, um ihr zu erklären, dass die höheren Mächte auf meiner Seite waren. Als ich ihr Gesicht sah, verzichtete ich aber gleich darauf und zuckte nur bedauernd die Schultern. «Er ist weg. Ich hätte gerne mit ihm getauscht, aber er ist weg.»

Sarah sah nach hinten und seufzte. «Du hast mehr Glück als Verstand, Konny.»

Ja, das hoffte ich zumindest. Ich linste nochmal zu den hinteren Plätzen und hoffte, dass der Typ wirklich weg war und nicht nur auf Toilette oder beim Getränkestand.

17. Kapitel, in dem Sanny
endlich Hubertus überzeugen kann

Kaum zu glauben, aber vor mir schien ein ganz normaler Nachmittag zu liegen.

Liz war bei mir, plauderte über ihr Kleid und ihre Frisur für den großen Ball und natürlich über David.

Kelly war unterwegs, um sich mit Shoppen bei Laune zu halten. Ich hatte allerdings das Gefühl, dass sie sich mehr mit dem Anschließend-über-die-Geschäfte-Meckern bei Laune hielt. Das tat sie immer sehr ausgiebig und genussvoll.

«Ich denke, ich nehme Scarlett», informierte mich Liz.

«Was?»

«Na aus ‹Vom Winde verweht›.»

Ich zuckte mit den Schultern. «Damit sparst du das Geld für den Friseur.»

Liz sah mich kopfschüttelnd an. «O Sanny … du bist … so … unromantisch!»

«Warum, weil ich mich nicht von Pseudo-Berühmtheiten blenden lasse?»

«Was soll das denn heißen?»

«Alles, wofür Scarlett berühmt ist, ist schmachtend einen Typen anzuschauen und auf ihrem Landsitz nichts zu tun.»

«Ach, und deine Mädels haben den ganzen Tag in ein

Reagenzglas gestarrt und mit dem Bunsenbrenner gesprochen.»

«Sie haben etwas Wichtiges, Bleibendes geschaffen – für die gesamte Menschheit!»

«Scarlett auch. Ein großartiger Film, der nach all den Jahren noch immer ein Knaller ist.»

Ich seufzte und gab auf.

Wir gingen los und kamen genau bis zur Haustür. Da kam uns Kelly entgegen.

«Schon zurück?», fragte ich entsetzt. Murks. Ich hätte doch einen Zeitplan aufstellen sollen.

«Ach, die Geschäfte hier … entsetzlich. Ich frag mich wirklich, wie ihr das aushalten könnt. Es ist sooo hinterwäldlerisch. Auf der anderen Seite, wenn man es gewohnt ist …»

«Gut, danke und tschüss.» Ich drückte mich an ihr vorbei zur Tür hinaus.

«Trefft ihr euch mit den Boys?», wollte sie wissen.

Liz sah mich leicht panisch an.

«Wir gehen in die Stadtbibliothek. Da ist 'ne interessante Ausstellung über berühmte Frauen in der Wissenschaft.»

Kelly zuckte zusammen.

«Willst du mit?», fragte ich siegessicher. «Vielleicht gehen wir anschließend auch noch ein bisschen shoppen. Ich wollte mal nach Waschpulver schauen. Du weißt doch, das mit den grünen Kügelchen drin.» Ich sah Liz wichtig an.

Die nickte wichtig zurück.

«Ach nee, lass mal. Ich muss erst mal diesen Ausflug hier

verdauen. Ist Ludmilla eigentlich da?» Sie schaute sich etwas beunruhigt um.

«Ich glaub nicht. Aber sie hat dir in der Küche was zu essen hingestellt.»

«Prima», freute sich Kelly. Sie versuchte, so gut sie konnte, Ludmilla aus dem Weg zu gehen, aber von Ludmillas Essen war sie begeistert.

Wir gingen los, Kelly betrat die Küche.

«Aber Ludmilla war doch eben noch in der Küche», wunderte sich Liz.

«Ups, das muss mir wohl gerade entfallen sein», grinste ich. «So ein Pech. Dann wird Kelly wohl wieder ein paar Lektionen in Haushaltsführung bekommen.»

«Du bist echt gut», meinte Liz anerkennend. «Das hätte ich dir gar nicht zugetraut.»

«Tja. Wenn man mit Kelly zusammenlebt, lernt man.»

«Und auch die Sache mit der Ausstellung. Auf so was wäre ich so schnell gar nicht gekommen.»

«Stand in der Zeitung.»

«Ein Punkt für das Zeitunglesen.»

Wir kamen zur Stadtbibliothek, wo die Jungs schon auf uns warteten.

«Okay, also was machen wir heute?», wollte David wissen.

«Wir gehen hier rein.» Ich deutete auf ein Plakat neben dem Eingang.

«Berühmte Frauen in der Wissenschaft», las Liz laut vor. Dann sah sie sich panisch um. «Ist sie etwa hier?»

«Wer?»

«Kelly», flüsterte Liz.

«Nein.»

«Aber dann brauchen wir das doch nicht mehr.»

«Wovon redest du?»

Sie zog mich ein Stück zur Seite. «Wir müssen nicht mehr so tun, als wollten wir in die Ausstellung. Wir haben Kelly doch schon abgehängt ...» Dann sah sie mich an. «Moment mal. Du hast das ernst gemeint?»

«Ja, sicher. Hubertus und ich brauchen noch ein Paar, in das wir uns für den Ball verwandeln. Ich persönlich bin ja für Marie Curie, aber Hubertus zieht da noch nicht so mit. Also dachte ich, wir holen uns ein paar Anregungen, und nebenbei lernen wir etwas.»

Liz verdrehte die Augen, ging zu Hubertus und boxte ihn auf den Arm. «Könntest du dich bitte endlich für irgendeinen Wissenschaftlerinnenehemann entscheiden?»

Hubertus zuckte die Schultern und hob abwehrend die Hände. «Ich war auch für Eisessen. Ehrlich.»

«Na toll!»

«Kelly wollte nicht mitkommen?», fragte David.

Liz starrte ihn mit Unmutsfalten auf der Stirn an. «Los jetzt», scheuchte sie uns in die Ausstellung.

Während sich Liz in der Hauptsache für die Kleider und Frisuren interessierte, versuchte ich mit Hubertus ernsthafte Fachgespräche zu führen.

Aber irgendwie konnte er meinen Ausführungen über die Dienste der Curies an der Menschheit nicht so unbedingt etwas abgewinnen.

«Und außerdem würde dir so ein Bart sicherlich richtig gut stehen», seufzte ich völlig entkräftet und deutete auf das Bild von Pierre Curie.

«Meinst du?», fragte Hubertus mit erwachtem Interesse.

«Das ist jetzt aber nicht dein Ernst, oder?», fuhr ich ihn wütend an.

Hubertus lachte und nahm mich in den Arm. «Sanny, wenn es dir so viel bedeutet, dann gehen wir eben als Pierre und Marie Curie. Ich hätte mir zwar schon etwas Poetischeres und Romantischeres gewünscht, aber das ist auch okay. Für den Dienst an der Wissenschaft.»

Ich küsste ihn glücklich. Wir würden bestimmt den ersten Preis machen. Und wenn nicht, blieb uns immer noch unser gemeinsamer Nobelpreis.

Wir gingen zu Liz und David, Hubertus warf nochmal einen Blick über die Schulter auf Pierre Curies Porträt. «Und du meinst wirklich, mir steht so ein Bart?»

Liz und David hatten gerade andere Probleme.

«Und wieso sind dir Scarlett und Rhett plötzlich zu staubig?»

«Das kennt doch keiner mehr», maulte David. «Wieso können wir nicht ein modernes cooles Liebespaar sein?»

«Weil wir uns bereits auf Scarlett und Rhett geeinigt und die Kostüme schon besorgt haben. Und ich ‹Vom Winde verweht› liebe!» Liz wurde richtig sauer. «Was ist bloß mit euch Ignoranten los?!», fauchte sie und sah dabei auch in unsere Richtung.

«Ich hab zu Pierre ja gesagt!», sagte Hubertus schnell und brachte seinen Arm in Sicherheit. «Und ‹Vom Winde verweht› hätte ich auch gerne als Anregung genommen.»

Ich sah ihn böse an, und jetzt brachte er seinen Arm auch vor mir in Sicherheit.

Liz verdrehte die Augen und stürmte in Richtung Bibliotheks-Café.

David und Hubertus sahen sich an. «Man kann doch mal fragen», meinte David schulterzuckend.

Dann folgten wir Liz.

18. Kapitel, in dem Konny
Kai ein Schloss
besorgt

Teufel auch. Morgen war der Ball, und ich hatte Kelly immer noch nicht davon überzeugen können, mit Kai dorthin zu gehen. Und noch schlimmer, ich hatte meinen Ruf als jemand, der die Frauen um den Finger wickeln kann, aufs Spiel gesetzt. Irgendwas Geniales musste mir noch einfallen. Dringend. Und wenn es ein Plan B wäre. Nämlich Kai zu erklären, warum Kelly für ihn einfach nicht die richtige Partnerin sei. Aber auch für Plan B brauchte ich ein Mädchen, das mit Kai zum Ball würde gehen wollen.

Vielleicht hatte Felix' Begleiterin ja noch ein paar Freundinnen ohne Begleiter. Aber damit würde ich vor Felix leider zugeben müssen, auf Hilfe angewiesen zu sein. Und das würde er gnadenlos ausnutzen. Außerdem hatte ich ihn schon ewig nicht mehr gesehen. Diese Maus schien ihn ganz schön unter Kontrolle zu haben.

Okay, jetzt war ich schon bei Plan C. Ein Mädel aus der Unterstufe? Gab es eigentlich ein Mindestalter für die Teilnahme beim Ball? Das musste ich unbedingt in Erfahrung bringen.

Die Tür flog auf, und mein Vater stand in meinem Zimmer.

«Er kommt zurück!»

Wow, also irgendwie schien mein Vater auch ein Problem zu haben. Und wie er aussah, hatte er noch nicht mal einen Plan A. Ganz zu schweigen von Plan B oder C.

«Ludmilla weiß es schon», erklärte er und ließ sich auf mein Bett fallen.

«Das ist gut», versuchte ich Informationen zu sammeln.

«Was?»

«Woher soll ich denn das wissen! Ich hab keine Ahnung, worum es geht.»

«Oh, richtig», mein Vater fuhr sich fahrig durch die Haare. «Frank hat sich wieder zurückgemeldet. Er muss jeden Moment hier sein.»

«Ah, alles klar, und wir müssen wieder die Realität biegen.»

Mein Vater nickte gedankenverloren. «Aber unauffällig.» Dann fiel ihm etwas anderes ein. «Hast du eigentlich eine Ahnung, was die beiden Kleinen treiben? Sie sind fast den ganzen Tag in Konnys Zimmer. Was grundsätzlich sehr gut ist, ich unterstütze das.»

Ich grinste: «Weil du dann eine höhere Trefferquote hast, wenn dich jemand fragt, wo sie sind.»

Mein Vater nickte. «Sie sind noch kein einziges Mal weggelaufen. Das ist doch ein Fortschritt. Allerdings wüsste ich gerne, womit sie sich den ganzen Tag beschäftigen. Sie sagen es mir nicht. Beziehungsweise, das, was sie mir sagen, verstehe ich nicht.»

Ich zuckte die Schultern. «Soweit ich weiß, bauen sie etwas.»

«Was Großes?»

Ich überlegte kurz. «Ich denke nicht. Konny erwähnte mal, da müsste eine Ameise reinpassen. Kann also nicht so groß sein.»

«Gut.» Mein Vater schien beruhigt.

Wieder flog die Tür auf. Ludmilla stand vor uns.

«Sein heute Frau zu große Essen hier?», wollte sie wissen.

Mein Vater schüttelte den Kopf. «Nein, sie hat durch den gewonnenen Wettbewerb so viel um die Ohren, sie wohnt praktisch im Büro.»

«Da, gut», nickte Ludmilla daraufhin. «Ich haben gutes Information bekommen heraus aus Mädchen, das quietschen wie Schwein», verkündete sie dann verschwörerisch in halblautem Ton und unter ständigem Über-die-Schulter-Sehen.

Ich überlegte, ob sie wohl früher für den KGB gearbeitet hatte.

«Mann haben Allergie gegen Fischeier ...»

«Wer nicht», würgte ich.

«Nein, große Dummkopf wieder mal sein in Form ganz hoch. Sein Allergie gegen teuer Fischeier!» Sie grinste meinen Vater verschwörerisch an.

Der war auch noch nicht so ganz auf dem Laufenden.

Ludmilla zwinkerte. «Und noch sein besser. Kinder nicht mögen. Sie nicht essen.» Jetzt strahlte sie.

«Okay», meinte mein Vater gedehnt. Er hatte keinen blassen Schimmer, wovon Ludmilla sprach.

Das entging natürlich auch Ludmilla nicht. «Ich fast denken, ich haben zu tun mit große Dummkopf!», schimpfte sie.

«Moment», empörten sich mein Vater und ich gleichzeitig. «Das geht doch ein wenig zu weit», fügte er noch empört hinzu. «Aber was ist denn nun der Plan?», lenkte er schnell ab.

«Fischeier sein sehr teuer. Ganz teuer Luxus. Wir sagen, wir haben geholt teuerste von teuren Eiern. Aber wir nur stellen auf Tisch Marmelade von Brombeer. Sehen aus gleich. Nix merken, wenn nix schmecken.»

So langsam begriff mein Vater, und das Strahlen ging jetzt auch auf sein Gesicht über. «Kaviar! Genial!», nickte er anerkennend.

«Da!», nickte Ludmilla. «Sein gute Plan.»

«Und viel besser als der, bei dem Sie uns beim Servieren erzählen wollten, dass Sie das Patenkind der legendären Zarentochter Anastasia sind», lobte er.

«Wäre auch gewesen gut», meinte Ludmilla und wiegte den Kopf. «Da, wir machen so? Ich holen Marmelade wie Fischeier aus Keller?»

Mein Vater nickte glücklich. «Brombeermarmelade statt Kaviar – wunderbar! Bitte in rauen Mengen!»

Dieser Besuch hatte eine ganz neue und ungeahnte Allianz in unserem Haus geschmiedet. Wer hätte gedacht, dass Ludmilla und mein Vater jemals unter einer Decke stecken würden. Und Brombeermarmelade sah aus wie Kaviar? Würg!

«Ich glaube, ich kann nie wieder Brombeermarmelade essen», verkündete ich meinem Vater, klopfte ihm aber dann auf die Schulter. «Aber das ist es wert.»

«Gut, Sohn, dann lass uns mal überlegen, was wir sonst noch so servieren können …»

Es stand außer Frage, dass es dabei jetzt nicht um die Speisefolge ging, sondern um die übliche Realitätskorrektur. Klar, dass mein Vater in diesem Punkt mit einem Profi zusammenarbeiten wollte.

Daraus wurde dann aber nichts mehr, weil Frank hereinschneite und meinen Vater in Beschlag nahm, bis wir uns dann kurze Zeit später alle im Esszimmer trafen.

«Wir haben viel teuer Ei von Fisch!», eröffnete Ludmilla die Mahlzeit. Und sie hatte recht. Ich hatte keine Ahnung, dass wir so unendliche Brombeermarmeladenvorräte hatten. Die mussten wohl noch aus der Zeit stammen, als mein Vater den Haushalt übernommen hatte, Ludmilla noch nicht ihre schützende Hand über unseren Mägen hatte und mein Vater so ziemlich jedes Sonderangebot palettenweise aufgekauft hatte. Sie stellte eine riesige Schüssel in die Mitte des Tisches.

«Was haben wir?», wollte Sanny wissen.

«Ich mag Eier», krähte der Kurze.

«Die nicht», machte ich ihm klar. «Piraten mögen so was nicht.»

«Und Farmer?», fragte er nach.

«Die erst recht nicht.»

Frank beugte sich inzwischen über die Schüssel. «Das sieht ja fast wie Kaviar aus.»

«Nix aussehen wie Kaviar. Das sein Kaviar. Viel teuer Kaviar.»

Mein Vater schien ein wenig nervös. Er sah immer wieder zwischen der Kaviarschüssel und Frank hin und her.

«Tut mir leid, Kinder», meinte Frank. «Ich habe leider eine Kaviarallergie.»

«Ach wirklich? Gut, dann bringen wir es am besten wieder raus.»

«Aber nein, esst ihr doch ruhig.»

«Nein, nein, du musst das nicht anschauen. Wir bringen es gleich raus. Bei uns isst das eigentlich auch nur Susanne. Sie liebt es, sie könnte sich glatt davon ernähren, und ich mache ihr doch so gerne eine Freude.» Mein Vater stand auf und griff nach der Schüssel. So ganz geheuer schien ihm das Schauspiel wohl nicht zu sein.

«Wir lassen hier», mischte sich jetzt auch Ludmilla ein und sah meinen Vater finster an. Der ließ sofort die Schüssel los und setzte sich wieder.

Ludmilla nickte zufrieden. «Ich bringen andere Essen», verkündete sie und ging in die Küche, um das richtige Essen zu holen.

«Wir haben Kaviar in solchen Mengen?», wollte Sanny wissen.

Ich trat nach ihrem Bein. Manchmal war sie wirklich extrem denkgestört.

Ich verfehlte Sannys Bein und traf dafür Kellys Stuhlbein. Sie wackelte mit ihrem Stuhl.

«Hilfe! Erdbeben!», rief sie und klammerte sich am Tisch fest.

«Doch nicht hier», meinte Frank. Dann sah er meinen Vater an. «Oder doch?»

«Was? Nein. Auf keinen Fall», schüttelte der den Kopf.

Frank fokussierte ihn. «Du hast das Haus hier selbst gebaut?»

«Ja sicher», lächelte mein Vater stolz. Dann fiel ihm etwas ein. «Natürlich nur so für den Übergang.» Dann fiel ihm noch etwas ein. «Was willst du damit sagen?!»

«Och, nichts, aber wenn ich mir vielleicht die Baupläne nachher mal anschauen könnte ...»

Mein Vater machte ein finsteres Gesicht, und ich war schon gespannt, welches Bauwerk wir als nächstes besitzen würden.

Bevor es dazu kam, stand meine Mutter völlig unerwartet im Raum. Das brachte meinen Vater erst mal aus der Fassung.

«Susanne!»

«Ja.»

«Was machst du hier?»

«Ich wohne hier.»

«Aber doch nicht heute Abend!»

«Wie bitte?» Meine Mutter sah sich suchend um. Sie schien bereits etwas zu ahnen. War auch kein Wunder, mein Vater sah so was von schuldbewusst aus.

Jetzt kam Ludmilla dazu. «Frau hier?»

Meine Mutter nickte.

«Was Sie machen hier?» Ludmilla blickte meine Mutter vorwurfsvoll an.

Die stemmte jetzt die Hände in die Hüften. «Warum fragt ihr mich, warum ich hier bin?»

«Ich hab nicht gefragt, ich freu mich, dass du da bist», krähte der Kleine, lief zu ihr und umarmte sie.

Mein Vater nutzte diese kleine Ablenkung, um Ludmilla per Kopfbewegungen zu bedeuten, doch die Brombeermarmelade wegzuräumen.

Frank war schneller. «Gut, dass du da bist, dann kann der Kaviar ja doch noch gegessen werden.»

Meine Mutter sah auf den Tisch. «Wir haben Kaviar?»

«Ja, den magst du doch so gerne.» Frank deutete mit einer einladenden Geste auf die Schüssel.

Mein Vater wechselte einen panischen Blick mit Ludmilla. Die griff nach der Schüssel. «Der schon zu lange stehen. Ich bringen lieber raus.»

Meine Mutter stoppte sie, nahm einen Cracker und löffelte sich etwas aus der Schüssel darauf. Wir hielten den Atem an und sahen ihr gebannt zu, als sie hineinbiss und kaute.

«Ach, habt ihr wieder die süße Sorte gekauft? Die mag ich doch nicht so», erklärte sie dann. «Am besten nehme ich jetzt erst mal ein Champagner-Bad zur Entspannung. Konrad, bist du so lieb und öffnest die Flaschen und leerst sie in die Badewanne?»

Mein Vater war jetzt völlig verwirrt.

Meine Mutter sah ihn durchdringend an und meinte nur knapp: «Erzählst du es, oder soll ich das machen?»

«Das heißt, du willst doch kein Champagner-Bad?»

«Konrad! Einer von uns beiden gibt jetzt eine Erklärung ab. Ich mach das nicht mehr mit. Das ist völlig absurd!»

Meine Mutter richtete weiterhin ihren Blick auf meinen Vater. Der Blick hatte eine Schärfe, damit hätte man problemlos Diamanten schleifen können. Mein Vater wand sich noch einmal kurz, dann schluckte er und sah schließlich Frank direkt in die Augen.

«Frank, es tut mir leid, aber ich muss jetzt etwas aufklären. Hier ist einiges aus dem Ruder gelaufen. Ich befürchte, ich habe absichtlich versucht, einen falschen Eindruck zu erwecken. Wir sind nicht reich, wir sind weit davon entfernt. Aber es geht uns gut, wir können uns nicht beschweren, wir sind zufrieden mit dem, was wir haben. Das einzige Haus, das wir besitzen, ist das hier, in dem wir uns gerade befinden. Ich liebe es und bin stolz darauf, und ich brauche auch keine Villa oder sonst etwas. Wir haben hart dafür gearbeitet und es selbst gebaut. Das ist das, was zählt und worauf wir stolz sein können. Und das hier», er deutete auf die Schüssel, «ist Brombeermarmelade.»

«Im Ernst?» Frank griff sich einen Cracker und bestrich ihn mit der Marmelade. «Ich liebe Brombeermarmelade.» Dann probierte er. «Die ist köstlich. Und mit dem Cracker schmeckt das auch richtig gut. Kinder, das müsst ihr unbedingt probieren.»

Wow, also jetzt verblüffte mich Frank wirklich.

Mein Vater war etwas irritiert und erkundigte sich vorsichtig: «Hast du mir eben zugehört, Frank?»

Frank sah auf: «Sicher. Es kann eben nicht jeder so erfolgreich sein wie ich. Also, kein Grund, dich zu schämen.»

Wir sahen uns alle etwas irritiert an, aber bitte, wenn das alles war, was Frank dazu zu sagen hatte, okay, umso besser.

Mein Vater wurde mutig. «Ähm, Frank, da wäre noch was.»

Frank sah auf.

Mein Vater wand sich kurz, holte tief Luft und sagte: «Und den Brief von dir, in dem du mir geschrieben hast, warum du kommt, was du hier machst und wie lange du bleibst ... den hat der Hund gefressen.»

«Ach», sagte Frank nur und nahm sich noch einen Cracker mit Brombeermarmelade.

Wir schauten Frank an, aber er schien nicht vorzuhaben, uns zu erzählen, was in dem Brief stand. Mein Vater zuckte unmerklich die Schultern und ließ es auf sich beruhen.

Nun gut, dann würden wir es eben nicht erfahren. War ja eh schon alles egal.

Das Abendessen verlief ohne weitere Zwischenfälle, nur gelegentlich hatte mein Vater Probleme, weil er sich doch zu sehr an seinen imaginären Reichtum gewöhnt hatte, um auf dem Boden der Tatsachen zu bleiben. Aber dafür hatte er ja heute meine Mutter an seiner Seite, die ihn jedes Mal gnadenlos bloßstellte.

Nach dem Essen wollte ich mich schnell verdrücken, weil ich immer noch einen Plan für die «Kai-Ball-Begleitungs-Such-Mission» brauchte.

Meine Mutter fing mich aber ab und zog mich in die Küche. «Ich nehme mal an, du hast bei dieser ganzen Charade munter mitgewirkt.»

«Paps hat mich gebeten. Und man soll doch auf seine Eltern hören.»

Sie sah mich stumm an.

«Ja, okay, aber es war zum Wohl unserer Familie.»

«Es war völliger Blödsinn!», fuhr mich meine Mutter an. «Was glaubst du denn, wohin so was führt? Du musst immer mehr Lügen erzählen, um die vorherigen zu decken.»

«Och, das hab ich im Griff», winkte ich lässig ab.

«Konstantin!»

Ups, falsche Antwort. «Okay, ich meine, ja, du hast ja recht. Das kann schon echt anstrengend werden.»

«Ich rede hier nicht nur von deiner Bequemlichkeit!»

Also, was denn jetzt? Ich hatte ihr doch zugestimmt. Es meiner Mutter recht zu machen war wirklich nicht leicht. Es folgte ein Vortrag über Wahrheit und Dichtung und wie weit man mit der Wahrheit kommen würde und so weiter.

Meine Mutter redete und redete, bis Kelly zu uns in die Küche kam. Sie trug tatsächlich Geschirr raus. Das rettete mich, meine Mutter sah mich nochmal bedeutungsvoll an und verließ die Küche. Vermutlich knöpfte sie sich jetzt meinen Vater vor. Armer Paps. Ob Ludmilla auch Ärger bekommen würde?

«Wow, das sieht ja so was von cool aus.»

Moment mal, Kellys Stimme, die von etwas als cool schwärmte? Ich drehte mich zu ihr. Sie blickte auf eine Postkarte von einer Burg, die an unserem Kühlschrank hing.

«Es muss unglaublich sein, auf so einer Burg zu wohnen. Ich hab Paps immer gebeten, uns so eine zu kaufen. Aber er sagt, in L.A. gibt es so was nicht.» Sie schmolz richtiggehend dahin beim Anblick dieser Burg. Das gab's ja wohl nicht. Alles hier war provinziell und peinlich, aber sie sieht einen Haufen alter Steine und bekommt Bambi-Augen.

Hey, Moment mal, da war sie doch, meine Chance! Wer sagt denn, dass man kein Wunder bekommt, wenn man eins braucht?!

Ich lehnte mich lässig über den Tisch. «Witzig, dass du das sagst. Die Burg da gehört nämlich zufällig Kai.»

Kelly sah mich groß an, deutete dann auf die Karte. «Was denn? Die Burg, dem Kai, nach dem mich immer alle fragen, um mir zu erklären, wie cool er ist?»

«Yap. Genau der.»

«Wieso habt ihr das denn nicht gleich gesagt? Wie kann man nur das Wichtigste weglassen!», empörte sich Kelly.

«Och, Kai mag es nicht, wenn man darüber redet. Er ist so bescheiden. Es ist ihm einfach peinlich, wenn andere wissen, dass er ein Graf ist und eine Burg hat, mit Wäldern und Rehen und Burggraben und Kerker.»

«Wie kann einem denn so was peinlich sein? Ich meine, das ist das Coolste, was ich gehört habe, seit ich hier bin.»

Okay, Frontalangriff. «Das heißt, du willst doch mit ihm zu dem Ball gehen?»

«Machst du Witze?»

«Hey, sorry, ich meine nur, es klang so, weil du so begeistert warst von der Burg und ...», rechtfertigte ich mich.

«Natürlich möchte ich mit einem Grafen zu dem Ball gehen!», erklärte sie mir, während sie die Augen verdrehte.

Oh, ach so, klar. Nicht zu glauben, wie oberflächlich sie war. Nur weil jemand Graf ist und 'ne Burg hat, findet sie ihn toll.

«Tja, also ich weiß nicht so genau, vielleicht hat er jetzt ja schon eine Begleitung», kostete ich meinen Triumph aus.

«Echt?» Kelly sah aus, als würde sie nachdenken. «Na egal, dann geh ich halt mit jemand anders zum Ball. Ich treffe Kai ja dann dort. Ist schließlich egal, mit wem er hingeht, mit mir wird er den Ball wieder verlassen.»

Ich schnappte nach Luft, Kelly war noch nicht fertig mit ihren Überlegungen: «Oder gibt es hier vielleicht noch einen anderen Grafen? Baron wäre auch okay, aber möglichst mit Immobilie.»

«Immobilie?»

«Schloss oder Burg.»

«Schon gut, ich regle das für dich. Sieh es als vom Schicksal besiegelt. Du und Kai, ihr beide geht morgen zum Ball.»

Hm, da musste ich Kai aber jetzt noch dringend erklären, dass er Graf ist und 'ne Burg hat. Oje, nichts ist einfach.

«Ich und Graf Kai!», rief Kelly triumphierend und ging aus der Küche.

«Kai schuldet mir wirklich was. Ich bin echt zu gutmütig. Was ich alles für ihn erdulde!», murmelte ich.

«Was das heißen: Graf Kai?!» Ludmilla stand wie ein Fels in der Tür.

Ups, jetzt wurde es nochmal eng.

«Oh, das, äh … ist nur so ein amerikanischer Ausdruck für jemand, der echt cool ist. Ein dufter Typ. Und das ist Kai ja wohl ohne Zweifel.»

Ludmilla fokussierte mich, dann entschied sie wohl, mir zu glauben. «Da, nach Pauke eben von Mutter du sicher nicht sagen, Liege sofort wieder.»

Ich überlegte kurz, sie zu fragen, ob sie auch eine Standpauke bekommen hatte, verwarf den Gedanken aber ganz schnell wieder. Stattdessen versuchte ich mich mit einem «Aber ich bitte Sie» und meinem treuherzigsten Gesichtsausdruck unauffällig aus der Küche zu schleichen.

19. Kapitel, in dem Sanny
Liz trösten muss

Der große Tag war da. Marie Curie und ihr Mann Pierre gingen zum Ball.

Wir hatten uns alle bei uns verabredet, um uns noch zu schminken und dann gemeinsam loszuziehen.

Liz war schon da, und wir waren gerade dabei, der Scarlett-Frisur noch den letzten Schliff zu verleihen. Als Vorlage diente uns ein Filmplakat.

«David sieht bestimmt super aus als Rhett», freute sich Liz. «Ich glaube, wir hatten unsere erste Krise mit diesem ganzen Kelly-und-Jenny-Hin-und-Her. Das wird sozusagen unser Versöhnungsball.»

«Aber ihr hattet euch doch gar nicht richtig gestritten», warf ich ein, während ich versuchte ihr nicht die Haare mit dem Lockenstab zu verbrennen.

Liz warf einen prüfenden Blick in den Spiegel. «Ich hoffe, dein Physik-Verständnis beinhaltet auch die Reaktion von Haaren in Verbindung mit heißem Metall.»

Ich schnitt eine Grimasse.

«Nein, richtig gestritten hatten wir uns zwar nicht, aber ich war sauer auf ihn, und er musste sich entschuldigen und schwören, dass er Jennifer nicht toll findet, Kelly nicht toll findet und mit keinem anderen Mädchen als mit mir auf diesen Ball gehen wird.»

«Das hast du ihn schwören lassen?»

«Sicher.»

«Ich hab Hubertus nur schwören lassen, dass er in keinem anderen Kostüm als Pierre Curie auf den Ball geht», überlegte ich. «Hätte ich da noch hinzufügen müssen, dass er nur mit mir da hingeht?»

«Nein, mit dem Kostüm-Schwur bist du auf der sicheren Seite, denn wer würde schon mit Pierre Curie auf einen Ball gehen wollen?», lachte Liz.

Ich drohte ihr mit dem Lockenstab, und sie hob abwehrend die Hände. «Schon gut, schon gut.»

In diesem Moment öffnete sich meine Zimmertür, und meine Mutter schaute rein. «Ach, hier seid ihr. Unten im Flur steht ... na ja, meinem Gefühl nach könnte es David sein – er sieht fürchterlich aus, Liz, tut mir echt leid – jedenfalls diskutiert er lautstark mit Kelly. Ich hab ihn schon zweimal hoch zu euch geschickt, aber er hört nicht auf mich. Bitte holt ihn zu euch, ich kriege gleich Besuch von einer Freundin, und ich will wirklich keine blökenden Teenager als Begrüßungskomitee in meinem Flur haben, besonders wenn sie so furchtbar aussehen!»

Und weg war sie wieder.

Liz sah beunruhigt aus, sprang auf und lief in den Flur. Ich folgte ihr. Kelly rauschte gerade an uns vorbei und verschwand im Badezimmer. Liz beugte sich über das Geländer, um nach unten zu sehen.

David hatte eine gelbe Hose mit elend weitem Schlag an, Schuhe mit Plateausohlen, ein Hemd mit einem Kragen, der ihm locker über die Schulter herunterhing, einen unmöglichen Gürtel und eine Frisur, die selbst Puschels Mähne in den Schatten stellte.

«O nein!» Liz sah David fassungslos an. «Das soll Rhett Butler sein?!», stammelte sie entgeistert.

David sah erschrocken nach oben, hustete nervös und versuchte sich dann an einem Lächeln. «Na ja, das ist eine etwas moderne Version. Ich dachte, das wäre doch lustig und würde bestimmt unsere Chancen erhöhen.»

«Chancen erhöhen auf was?! Auf den peinlichsten Auftritt in der Geschichte von ‹Vom Winde verweht›?» Liz schrie jetzt fast. Sie war ganz weiß, ob vor Schreck oder Wut, war nicht auszumachen.

«Okay, ich sehe, du findest es nicht so gut. Dann geh ich einfach noch mal schnell nach Hause und ziehe mich um. Einverstanden?»

Die Badezimmertür ging auf, Kelly kam wieder raus und stolzierte nach unten. Als sie im Flur an David vorbeilief, krallte sich Liz in meinem Arm fest.

«O mein Gott, ich glaub's ja nicht!», stieß sie hervor.

«Was?», fragte ich ebenfalls leicht panisch und versuchte Liz' Finger von meinem Arm zu lösen.

«Schau selbst: Barbie und Ken! David ist Ken!»

«Hippie-Ken vielleicht. Er sieht grauenhaft aus.»

Liz schubste mich wütend. «Darum geht es doch nicht! Kapierst du es denn nicht?! Er hat sein Kostüm auf Kellys Kostüm abgestimmt, nicht auf meins!»

Ich starrte nach unten. «Das kann doch nicht sein! So dreist wäre er doch nicht. So was würde er nie tun!»

David schaute völlig panisch zu Liz nach oben und dann zu Kelly, die den Flur durchquerte.

Kelly warf einen Blick über ihre Schulter zu David und meinte: «Was ist? Ich hab's dir doch erklärt. Ich hab meine

Meinung geändert. Tut mir leid, dass es so kurzfristig war. Frag einfach ein anderes Mädchen, ob es mit dir zum Ball geht. Mach doch nicht so ein Drama draus.»

Liz sah mich fassungslos an. Ich sah mindestens ebenso fassungslos zurück: «Ich glaub das alles gar nicht. So was gibt's doch nicht!»

David rief nach oben: «Liz, lass es mich erklären … das war … das war irgendwie ganz anders. Es war … ein Scherz, ich hab Kelly nur so zum Spaß gefragt. Das war nie ernst gemeint.»

Liz schnaubte, drehte sich zu mir und zischte: «Ich hasse ihn!» Dann schaute sie wieder nach unten zu David und schrie: «Verschwinde! Ich will dich nie wiedersehen!»

«Liz …» David sah nun hilfesuchend zu mir. «Kannst du nicht mal mit ihr reden?»

«Oh, glaub mir, das würdest du nicht wirklich wollen. Ich würde Liz bestimmt irgendwas von Teeren und Federn vorschlagen! Am besten verschwindest du jetzt wirklich.»

David schlich mit hängenden Ohren und hängendem Hippiekragen zur Haustür raus.

In dem Moment kam Hubertus, er drehte sich nach David um und war einigermaßen überrascht. Dann schaute er nach oben zu uns. «War das Rhett?»

«Nein, das war ein Vollidiot!», fauchte Liz.

«Hat er das Kostüm verwechselt?», fragte Hubertus.

«Nein, die Begleiterin», zischte Liz düster.

Hubertus kam die Treppe hoch und sah mich fragend an. Ich erklärte ihm kurz, was los war.

«Wow.»

«Das ist alles, was dir dazu einfällt?»

«Ich meine, der Junge hat echt Mut.»

«Mut?!»

«Also, ich meine ...» Hubertus versuchte verzweifelt Boden unter die Füße zu bekommen. «Hör mal, Liz, es tut mir echt leid. Ich meine, er hätte ja wenigstens erst mal mit dir hingehen können und ...»

«Und sie dann auf dem Ball einfach stehenlassen können?», fuhr ich ihn jetzt an.

«Nein, also ... ich meine ... was willst du denn jetzt machen?»

«Sie geht mit uns», erklärte ich.

«Oh, Sanny, ich weiß nicht.»

«Na sicher. Nur wegen so einem Hohlkopf lässt du dir doch nicht den Ball entgehen. Du hast ein tolles Kostüm und siehst super aus, und ich hab mir fast die Finger verbrannt bei deiner Frisur. Du musst einfach hingehen.»

«Scarlett O'Hara mit Pierre und Marie Curie?»

«Klar», meinte jetzt auch Hubertus. «Dann haben wir wenigstens eine Persönlichkeit dabei mit Chancen auf Wiedererkennung.»

Ich funkelte ihn an.

Liz schüttelte immer noch ungläubig den Kopf. «Sanny, ich muss jetzt erst mal an die frische Luft und das alles verdauen.»

«Wir kommen mit.»

«Nein, ich würde lieber alleine sein.»

Sie ging die Treppe runter. Als sie an der Haustür war, rief ich: «Im Vorgarten steht 'ne Bank.»

Liz sah hoch und lächelte müde: «Ich war schon mal hier, Sanny, ich kenn mich aus.» Dann ging sie zur Tür raus.

Ich zuckte hilflos mit den Schultern, das war wirklich ein Schock. Mir war ganz flau. Arme Liz.

Was hatte diese Kelly bloß an sich, dass vernünftige Jungs wie David sich so zum Hampelmann machten und eine Beziehung aufs Spiel setzten?!

«O nein!»

Nachdem ich diese Stimme eindeutig meiner Mutter zuordnen konnte, ging ich davon aus, dass es sich nicht um einen Kostümierungsunfall handelte.

Ich überlegte kurz, ob ich sie ignorieren oder besser todesmutig zu ihr gehen sollte. Aber die Entscheidung wurde mir abgenommen, denn gleich darauf rief meine Mutter: «Sanny!»

Ich fand meine Mutter in Kornelius' Zimmer. Sie stand auf einem Stuhl und machte hektische Bewegungen.

«Schau dir das an, Sanny. Wieso hat das niemand bemerkt?

«Was denn?»

Der kleine Konny trat vor mich und strahlte.

«Ich bin jetzt Farmer! Ich habe eine Ameisenfarm», erklärte er stolz, und Puschel bellte bekräftigend dazu. «Rob hat mir gezeigt, wie das geht.»

Auf dem Boden wuselte es von Ameisen. Das heißt, genaugenommen ging es auf dem Boden relativ geordnet zu, solange man nicht die Straßen der Ameisen blockierte.

«Und du hast auch so was zu Hause?», wollte meine Mutter von Rob wissen.

«Nein, darf ich nicht», schüttelte Rob den Kopf. «Meine

Mam findet das eklig im Haus. Aber ich finde es toll, dass Sie es erlauben.»

«Hab ich das?»

«Papi hat's erlaubt», krähte Konny.

«So, hat er ...» Der Ton meiner Mutter wurde gefährlich. «Okay, als Erstes werden diese Viecher aus dem Haus geschafft.»

«Aber ich weiß nicht, ob sie sich da draußen noch zurechtfinden», gab Konny zu bedenken. «Die leben schon sehr lange hier bei mir im Zimmer.»

«Sie finden sich in der Natur zurecht. Das werden sie. Glaub mir.»

«Wir können sie doch nach draußen umleiten», schlug Rob vor. «Die Treppe runter und dann zur Tür raus. Puschel könnte uns helfen, sie rauszutreiben.»

«Nein, könnt ihr nicht!» Die Stimme meiner Mutter war etwas schrill. Die Vorstellung, dass eine Horde Ameisen von einem Hund durch unser Haus getrieben wurde, gefiel ihr wohl nicht so gut.

«Wieso passieren in dieser Familie immer solche Sachen!», rief meine Mutter klagend aus.

«Jetzt fällt es mir wieder ein», meinte Rob. «Normalerweise haben die Ameisenfarmen einen Deckel.»

«Komm, wir besorgen schnell einen», rief der kleine Konny, und die beiden rannten aus dem Zimmer.

Meine Mutter schüttelte den Kopf.

«Wieso hat denn nicht mal Ludmilla die Ameisen bemerkt?»

Da fiel es mir plötzlich ein. A-Mäuse. Genau.

«Oh, doch, sie hat sie bemerkt.»

«Aber sie hat sich dann nicht weiter darum gekümmert?»

«Ähm, na ja, schon, also, Ludmilla hatte mir den Auftrag gegeben, danach zu suchen, aber … irgendwie … es war einfach so viel los, ich hab's vergessen.»

Meine Mutter schnaubte. «Ich muss jetzt hier raus, und zwar ganz schnell.» Aber sie machte keine Anstalten, sich zu bewegen. Sie blieb regungslos auf dem Stuhl stehen.

«Soll ich dich mit dem Stuhl rausschieben?», bot ich an.

Meine Mutter funkelte mich an.

«Das war nett gemeint!», sagte ich schnell.

«Nein, danke. Aber du kannst deinem Vater ausrichten, er möge sich sofort um einen Kammerjäger und anschließend um zwei kleine Jungs kümmern, die aus dem Haus müssen, wenn der Kammerjäger kommt.»

«Okay, und du bist sicher, du willst so lange hier auf dem Stuhl stehen?», fragte ich nochmal nach. Ich deutete auf ein Stuhlbein. «Die fangen da nämlich an, eine Straße hochzubauen.»

Meine Mutter schrie auf, sprang vom Stuhl und raste aus dem Zimmer.

20. Kapitel, in dem Konny
ein böses Erwachen
bevorsteht

Das Leben war wunderbar. Und so einfach.

Das richtige Wort zur richtigen Zeit – und alle Probleme sind gelöst.

Kelly war sogar ganz wild darauf, mit Kai zum Ball zu gehen, sie hatte bereits vor Kai entschieden, dass sie als Barbie zum Ball gehen wollte, nun hatte sie ein Diadem aufgesetzt und nannte sich «Schlossbarbie». Ach, Kellys Leben war so einfach.

Kai war total glücklich und konnte es kaum fassen, dass er mit Kelly zum Ball gehen würde, und ich war sein großer Held.

Darüber hinaus gab ich einen fast unwiderstehlichen James Bond ab. Ich wusste zwar noch nicht, als was Sarah kommen würde, sie hatte sich geweigert, Miss Moneypenny, die Sekretärin von Bonds Chef, zu sein, aber sie hatte mir eine würdige Begleiterin versprochen.

Ich stand in meinem Zimmer vor dem Spiegel und übte ein paar typische Bond-Posen ein. Gerade lächelte ich mir besonders verführerisch zu, als die Tür aufging.

«Bist du sicher, dass du eine Begleiterin möchtest und nicht vielleicht alleine hingehen willst?»

Sarah stand grinsend in der Tür.

«O nein!», entfuhr es mir. «Was ist passiert?»

Vor mir stand meine normalerweise wunderschöne Sarah in einem ollen Tweedkostüm mit Runzeln und grauem Haar und sah zum Davonlaufen aus.

«Was ...», stammelte ich.

Sarah grinste noch mehr, drehte sich wie ein Model, allerdings ihrer Aufmachung folgend im Seniorentempo.

«Wer soll das sein?»

«Miss Marple.»

«Miss Marple und James Bond als Traumpaar?»

«Sie und James zusammen gegen das Böse – und die Welt kann aufatmen.»

«Das ist nicht dein Ernst?!»

«Hast du ein Problem damit?»

Sarahs Stimme verriet mir, dass ich besser kein Problem haben sollte. Ihre Kostümierung schrie allerdings «Problem!» aus allen Nähten und Runzeln.

«Na ja, ich dachte eben, dass wir als ... als ...»

«Als was?»

«Als ...»

Glücklicherweise rettete mich Kai in diesem Moment. Er stand ebenfalls plötzlich in meinem Zimmer.

Unglücklicherweise stürzte er mich aber gleichzeitig in meine nächste große Krise.

«Wie siehst du denn aus?»

Kai sah an sich hinunter. «Wieso?»

«Du siehst aus, als wärst du direkt der Gruft entstiegen!»

Und das war noch stark untertrieben. Er hatte ein völlig zerfetztes Hemd an, das wohl ehemals weiß war, eine großzügige Fliege umgebunden, ein billiges Plastik-Dracula-

Gebiss im Mund und die Haare ganz weiß und mehlrieselnd.

«Du hast gesagt, ich soll als Graf kommen», verteidigte sich Kai. «Ich fand es ja auch etwas merkwürdig, aber du hast darauf bestanden, es schien sehr wichtig für dich. Also bitte.»

«Als Graf, ja, aber doch nicht als dein eigenes Schlossgespenst.»

«Der einzige Graf, der mir einfiel, war Graf Dracula», schmollte Kai.

«So wird das auf keinen Fall etwas. Am besten gehst du nochmal schnell nach Hause …» Ich sah auf die Uhr. «Nein, das schaffen wir nicht mehr. Okay, wir sehen mal, was wir hier so haben.»

Ich schleifte ihn zum Schrank meines Vaters, und wir suchten etwas einigermaßen Gräfliches zusammen. Dann schickte ich ihn ins Badezimmer zum Umziehen und Haarewaschen, auch wenn man sich kaum noch vorstellen konnte, dass noch Mehl in den Haaren sein konnte, bei den weißen Mehlstaubspuren, die er hinterließ.

Dann ging ich wieder zu Sarah.

«Also, das glaubt man doch nicht. Ich meine, zu so einem Ball macht man sich doch schön und verunstaltet sich nicht …» Mein Blick fiel auf ein leicht spöttisch aussehendes Miss-Marple-Gesicht.

«Okay.» Ich seufzte. Bitte, dann würde ich eben mit Miss Marple auf den Ball gehen und für uns beide gut aussehen.

«Was soll das denn mit Kai? Warum muss er unbedingt Graf sein? Mit wem geht er denn überhaupt zum Ball?»

«Du wirst es nicht glauben.»

«Versuch dein Glück.»

«Mit Kelly.»

«Ich glaub es nicht.»

«Ist aber so. Ich habe sie überredet, und sie hat ja gesagt. Die einzige Bedingung war, er muss ein Graf sein.»

«Kelly geht mit Kai nur unter der Bedingung auf den Ball, dass er sich als ein Graf kostümiert?»

«So ungefähr.» Ich wollte mit Sarah lieber nicht so in die Tiefen dieses Arrangements hinabsteigen.

«Und so ungefähr bedeutet?»

«Nun, er soll ein Graf sein. Das ist alles.»

«Konny!»

Miss Marple sah mich durchdringend an. Ich konnte verstehen, dass sie die hartgesottensten Verbrecher zur Strecke brachte.

«Warum freuen wir uns nicht einfach für Kai und bereiten uns auf den Ball vor?», schlug ich vor.

«Weil ich das Gefühl habe, dass du schon wieder getrickst hast.»

«Sarah ...» Ich versuchte es mit einem Samtblick. Ohne Erfolg. «Okay, vielleicht ein ganz klein wenig, aber genaugenommen hat Kelly selbst damit angefangen.»

«Kelly hat angefangen? Womit?»

Ich nahm die Postkarte von der Burg, Kais Wohnsitz, die ich ihm noch dringend geben musste, und wedelte damit vor Sarahs Augen herum.

«Na, sie hat diese Karte von dieser schlossähnlichen Burg gesehen und fand es einfach total cool. Dann hat sie so etwas gesagt wie: Cool wäre es, mit einem Grafen auf den Ball zu gehen. Und ich habe gedacht, den Wunsch sollte man ihr doch erfüllen. Also habe ich Kai zum Grafen gemacht und ihn mit Kelly verkuppelt. Ich meine, so sind doch jetzt beide glücklich und haben genau das, was sie wollten.» Diesem Argument konnte sich Sarah einfach nicht verschließen.

Sarah sah auf die Karte. «Ist das Kais Grafensitz?»

Ich nickte und reichte ihr die Karte.

Sarah starrte auf die Karte. «Du hast Kelly gesagt, dass Kai Schloss Neuschwanstein gehört?!»

Ich nickte.

«Und das hat sie geglaubt?»

Ich nickte wieder.

«Wie bescheuert muss die denn sein?!», schüttelte Sarah den Kopf.

Ich grinste. «Hey, ich kann sehr überzeugend sein. Kennst mich doch! Ich kann Eskimos Kühlschränke verkaufen.»

Sarah sah mich lange an. Dann schluckte sie und meinte sehr ernst: «Das Talent brauchst du jetzt auch dringend, um noch auf die Schnelle eine Begleiterin für den Ball zu finden.»

«Wie meinst du das?»

«Ich gehe jetzt.»

«Treffen wir uns dann auf dem Ball?»

«Nein, Konny, wir treffen uns gar nicht mehr. Ich will dich einfach nicht mehr sehen. Ich habe genug von deinen ständigen Lügengeschichten. Mir ist die Lust auf diesen Ball vergangen. Ich will nicht dabei sein, wenn Kelly feststellt, dass Kai kein Graf ist, und will nicht hören, wie du dich dann da wieder rausredest.»

Sarah drehte sich um und verließ mein Zimmer.

Ich lief ihr hinterher.

«Sarah, hey, das meinst du doch nicht so. Sarah ...»

Sie reagierte nicht. Ich lief ihr bis zur Treppe hinterher.

«Ich hab's doch nicht böse gemeint, ich wollte Kai einen Gefallen tun ... Sarah, Sarah ... Jane!»

Sarah schloss die Haustür hinter sich.

Wow, sie war tatsächlich gegangen. Okay, wenn sie sich erst mal beruhigt hatte, würde sie es sich bestimmt überlegen und zurückkommen.

«Na, die ist weg. Die siehst du nicht mehr.»

Ich drehte mich um und stand Kelly gegenüber.

«Wow!» Sie sah echt klasse aus. Für einen Moment überlegte ich, ob ich sie fragen sollte, ob sie mit mir zum Ball gehen würde. Aber dann fiel mir noch rechtzeitig Kai ein. Das konnte ich Kai nicht antun.

«Also, wo ist mein Graf?»

Richtig. Außerdem wusste ich auch nicht, ob ich mich so schnell zum Grafen befördern konnte.

«Ach, hör mal, zum Thema Graf muss ich dir noch etwas sagen. Kai ist da sehr schüchtern. Er redet nicht so gerne darüber. Also, vielleicht sprichst du ihn nicht unbedingt darauf an, okay?»

«Und worüber sollen wir uns dann unterhalten?», wollte Kelly empört wissen.

«Hm, guter Punkt. Vielleicht könnt ihr ja über Burgen und Schlösser im Allgemeinen reden und nicht so über Kais Schloss im Speziellen?»

«Was?»

«Ähm, schon gut!» Ich gab auf. Ich hatte Kai beauftragt,

er solle sich ein wenig über Burgen und Schlösser vorbereiten. Hoffentlich hatte er es getan.

Ich fand Kai im Flur mit meinem Vater, während sie dabei waren, sich über Krawatten zu unterhalten. Anscheinend hatte mein Vater Kai zu seinem guten Geschmack gratuliert, und er erklärte ihm gerade, er hätte genau die gleiche Krawatte wie Kai.

«Tja, Qualität setzt sich durch», meinte ich und zog Kai schnell mit in mein Zimmer.

«Okay, du siehst echt gut aus, Junge. Jetzt das Wichtigste. Du bist ein Graf.»

Kai sah mich verwirrt an und nestelte an seiner beziehungsweise an der Krawatte meines Vaters.

«Also, du spielst die ganze Zeit einen Grafen, okay. Und das hier …» Ich gab ihm die Postkarte. « … ist dein Schloss, okay?»

«Findest du das nicht ein wenig übertrieben?», reklamierte Kai.

«Nein, das ist genau richtig. Du hast dich doch vorbereitet, oder?»

«Na ja, also eine Burg ist ein wehrfähiger Wohnsitz eines Adeligen. Im Mittelalter waren sie weit verbreitet und …», ratterte Kai herunter.

«Okay, okay. Vielleicht nicht so wirklich das, was Kelly will, aber vielleicht fragt sie ja nicht weiter nach.»

«Kelly fragt nach?» Kai sah etwas panisch aus. «Wieso denn, was hat sie denn mit Burgen und Grafen?»

«Nichts weiter. Sie interessiert sich einfach dafür», wiegelte ich ab. Mann, war das anstrengend. Ich konnte Kai unmöglich sagen, dass Kelly nur mit ihm zum Ball gehen wollte, weil sie ihn für einen Grafen hielt.

Ich hörte die Haustür, jemand war unten im Flur. Ich stürmte runter. Es war ganz sicher Sarah. Bestimmt hatte sie es sich überlegt und war zurückgekommen.

Aber es war bloß Liz. Alleine. Weit und breit kein David.

«Hey Scarlett, wo ist Rhett?»

«Gekündigt.»

«Was?»

Sie seufzte. «Reicht es, wenn ich sage, er ist ein Idiot?»

«Oh, okay. Tut mir leid. Aber vielleicht renkt es sich wieder ein.»

Liz schüttelte den Kopf. «Nein, und das will ich auch gar nicht.» Sie sah mich an. «Und wo ist ... ja, wer eigentlich?»

«Miss Marple», half ich aus.

«Miss Marple?!»

Ich winkte ab. «Ja, das hab ich auch gefragt. Aber wie auch immer, sie kommt nicht mit zum Ball.»

«Miss Marple?!», wiederholte Liz noch einmal. «So jemand ist vor nicht allzu langer Zeit im Vorgarten an mir vorbeimarschiert, ich dachte, das wäre die Freundin eurer Mutter. Das Kostüm war sehr überzeugend. Wieso kommt sie nicht mit?»

«Och, weißt du, als sie dann hier war, hat ihr ihre Kostümierung doch nicht mehr so gut gefallen, und da wollte sie lieber zu Hause bleiben.»

Liz verdrehte nur die Augen: «Konny, du redest Blech. Habt ihr euch gestritten?»

Ich zuckte die Schultern. «Ich glaube, ich bin nicht so ganz sicher. Ich denke, ja.»

Liz sah mich an. «Gehst du trotzdem auf den Ball?»

«Klar. Und du?»

«Weiß ich noch nicht.»

«Hey, warum gehen wir beide nicht zusammen hin?»

«Was? Ich mit dir?»

«Scarlett wäre bestimmt total auf James abgefahren.»

«Das bezweifle ich zwar, aber hey, warum nicht. Immerhin hab ich mich in das Kostüm geworfen und mich auf den Ball gefreut. Das sollte ich mir von David nicht verderben lassen.»

«Okay, dann.»

Nachdem wir alle zusammengetrommelt hatten, machten wir uns auf den Weg. Ich hoffte inständig, dass Kelly sich an meine Anweisung hielt, Kai nicht nach seinem Dasein als Graf zu befragen. Von wegen. Wir waren noch nicht mal zur Haustür raus, da plapperte sie Kai schon an: «He, Kai, du musst mir alles über deine Familie und das Leben auf der Burg erzählen!»

Kai geriet ins Schwitzen. Er sah mich hilfesuchend an.

«Zeig ihr die Postkarte», riet ich ihm.

21. Kapitel, in dem Sanny
wieder eine Liste
schreiben will

Wir hatten beschlossen, mit dem Bus zum Ball zu fahren, weil wir dachten, es wäre lustig, kostümiert im Stadtbus zu sitzen. Aber diese Entscheidung hatten wir getroffen, als alle Beziehungen noch intakt waren. Nun war die Stimmung natürlich nicht so besonders. Konny lümmelte missmutig im Sitz und schaute starr zum Fenster raus, Liz machte ein ziemlich wütendes Gesicht und schimpfte vor sich hin, selbst Hubertus hatte seine Aufmerksamkeit auf Kelly gerichtet, die ganz in ihrer Rolle als Schloss-Barbie aufging und den armen Kai ständig mit Fragen löcherte über seine Grafen-Familie und wie auf einer Burg so gefeiert wird, wie viel Personal sie haben und was so eine Immobilie denn etwa wert wäre. Der wiederum war völlig überfordert, wedelte nur verzweifelt mit seiner Postkarte vom Schloss Neuschwanstein herum und versuchte sich mit Rezepten von ausgefallenen Menüs, die nach Burgmenü klangen, über Wasser zu halten. In den meisten Fällen muss es sich um eine russische Burg gehandelt haben. Hubertus schien Hunger zu haben, denn er starrte die ganze Zeit zu den beiden rüber.

«Seit wann interessierst du dich für Burgen?», fragte ich ihn.

«Was? Tu ich doch gar nicht», verteidigte er sich sofort.

«Ach …»

«Das Rezept eben klang sehr interessant.» Er wandte sich an Kai. «Und dann kommen Zwiebeln dazu?»

Wow, mein Freund interessiert sich fürs Kochen. Ich war mir nicht sicher, wie ich diese Information einordnen sollte. Jetzt fing Kelly schon wieder mit ihren Burg-Fragen an.

«Sollten wir unsere Rollen auch richtig spielen?», fragte ich Liz. «Ich dachte, wir sollten nur so aussehen.»

Die zuckte mit den Schultern. «Keine Ahnung, mir auch egal. Ich meine, mit James Bond an der Seite bin ich eh aus dem Rennen.»

«David ist echt ein Idiot!», tröstete ich sie.

«O ja!», nickte sie. «Er verpasst den Ball seines Lebens.»

«Ich finde, du hältst dich wirklich gut», lobte ich sie. «Ich meine, jede andere wäre jetzt am Boden zerstört, würde jammern, heulen und hätte zu nichts Lust und würde sich verkriechen, aber du gehst munter auf den Ball. Du stehst echt drüber, hast das einfach weggewischt und gehst unbeirrt weiter deinen Weg …»

«Ich schmiede Rachepläne. Der Junge wird leiden! Du glaubst nicht, wie befreiend das ist», meinte sie und lächelte finster.

«Oh!» Anscheinend stand sie doch nicht so ganz darüber. Ich wollte das jetzt lieber nicht vertiefen.

Ich wollte mich stattdessen an Hubertus lehnen, fiel aber leicht ins Leere, weil der sich gerade vorgebeugt hatte, um Kellys Handtasche wieder aufzuheben, die ihr vom Arm gerutscht war.

«Hey!», beschwerte ich mich.

«Was ist los? Hast du Gleichgewichtsstörungen?», wollte er wissen.

«Freunde, fällt euch vielleicht noch was zum Thema Burg ein?», fragte Kai völlig verzweifelt.

«Wieso fragst du denn die?», wollte Kelly wissen.

«Sie sind meine Freunde, und ich hab wirklich keine Ahnung von Burgen und Schlössern», verteidigte sich Kai.

«Also, du übertreibst das mit der Bescheidenheit wirklich ganz schön.»

Kai sah hilfesuchend zu Konny. Der reagierte jedoch nicht. Liz hatte berichtet, er sei wohl von Sarah abserviert worden, was er aber noch nicht so ganz wahrhaben wolle. Er schwieg, das war schon erstaunlich genug.

«Wir sind da!», verkündete Hubertus und sprang aus dem Bus. Er half Kelly beim Aussteigen. Als Liz und ich ausstiegen, war Hubertus in ein Gespräch mit Kelly vertieft. Kai bot uns ritterlich seinen Arm, aber Liz und ich winkten ab.

Als wir Richtung Schule gingen, bestand Kelly darauf, neben Kai zu laufen und sich bei ihm unterzuhaken. So kam ich in den Genuss, doch neben meinem Freund herzulaufen.

Wir betraten die Aula.

Am Eingang standen unsere Direktorin und der Hausmeister und begrüßten alle – als Tinkerbell und Peter Pan. Beide waren kurz vor der Rente, und dementsprechend boten sie ein recht merkwürdiges Bild. Vor allem der übergewichtige Hausmeister in engen Strumpfhosen sah sehr gewöhnungsbedürftig aus.

«Wieso hat mir keiner gesagt, dass das hier im Altersheim stattfindet?», lästerte Kelly.

Tinkerbell und Peter Pan überhörten das großzügig (möglicherweise hatten sie es auch tatsächlich nicht gehört), und während Tinkerbell Glitzerstaub über uns warf, vermerkte Peter Pan mit dicker Brille auf der Nase unsere Kostümierungen auf einer Liste.

«Pierre und Marie Curie? Wie buchstabiert man das denn?», wollte er wissen.

Hubertus sah mich bedeutungsvoll an, während ich Peter Pan den Stift aus der Hand nahm und unsere Namen selbst in der Liste verewigte. «Haben die nicht den letzten Grand Prix der Volksmusik gewonnen?», überlegte Peter Pan weiter.

Ich sah empört zu unserer Direktorin, die sich in der Wissenschaftsgeschichte besser auskennen sollte.

Aber Tinkerbell zuckte nur die Schultern und streute eifrig Glitzerstaub. Ich hoffte, dass der eine oder andere Chemie- oder Physiklehrer anwesend sein würde und unsere Kostümierung honorieren würde.

«Romeo und Julia hätte er gekannt und buchstabieren können», feixte Hubertus, als wir in den Saal gingen.

«Sicher, und sei es auch nur aus dem Grund, weil vor uns schon ungefähr 150 Romeos und Julias reingegangen sind», gab ich zurück.

Hubertus zuckte die Schultern und sagte erst mal nichts mehr.

Im Saal war schon eine ganze Menge los. Die wildesten Gestalten tummelten sich. In einer Ecke standen Zeus und Hera und unterhielten sich mit Micky und Minni Maus.

Black Beauty und Fury schienen ihre erste ernsthafte Krise zu haben, zumindest ließ Fury Black Beauty einfach auf der Tanzfläche stehen und galoppierte davon.

Schloss-Barbie verschwand schnell im Gewühl, und der Burgherr stolperte hinter ihr her. Hubertus wollte auch in die Richtung gehen, aber ich hielt ihn an der Hand fest. «Willst du gleich tanzen gehen? Ich dachte, du tanzt nicht gerne?»

«Ähm, ich dachte, da hinten gibt es was zu trinken», stotterte Hubertus. Der Gute war heute ja wirklich etwas durcheinander. Oder er nahm jetzt seine Rolle als zerstreuter Professor plötzlich ernst. «Hey, das ist ein Ammenmärchen, dass Wissenschaftler sich immer so blöde benehmen müssen, klar?!», raunzte ich ihn an.

«Was denn? Ich hab einfach Durst.»

«Gute Idee, was haltet ihr von einem Logenplatz an der Saft-Bar?», mischte sich Konny ein.

«Ich bin dabei», nickte Liz.

«James Bond geht nicht auf Eroberungs-Tour?», spottete ich.

«Hast du nicht noch irgendwo ein Labor in die Luft zu sprengen?»

«Ich denke, es wäre jetzt eine gute Zeit für eine kleine Saftanalyse», sprang Liz dazwischen und zog uns in Richtung Bar, wo es alkoholfreie Cocktails gab.

«Auf das Ende einer Freundschaft», prostete uns Liz mit ihrem «True Love» zu.

«Vielleicht überlegt er es sich ja nochmal und entschuldigt sich bei dir», meinte Konny.

«Selbst wenn. Ich überleg es mir aber nicht mehr! Dieser

Idiot hat sich selbst den Gnadenstoß verpasst. Die Sache ist endgültig durch. David? Wer ist das?!»

«Na dann!» Konny hob sein «Blue Eyes» und trank mit Liz auf das Ende ihrer Beziehung.

«Was ein Glück, dass wir nicht solche Probleme haben. Wir beide verstehen uns blendend», raunte ich Hubertus zu und schmiegte mich an ihn.

«Was?»

«Sag mal, hörst du gar nicht mehr zu?», empörte ich mich und richtete mich auf.

«Hi, Leute, habt ihr noch einen Platz frei?», hörten wir Kais Stimme hinter uns.

Wir drehten uns alle zu ihm herum.

«Wo ist denn Kelly?», wollte Hubertus wissen und verrenkte sich fast den Hals, als er hinter Kai nach ihr Ausschau hielt.

«Als Tarzan vorbeikam und ihr angeboten hat, ihr den Urwald zu zeigen, ist sie mit ihm gegangen», meinte Kai und setzte sich zu uns.

«Baumhaus schlägt Burg», murmelte Konny. «Tut mir leid, Kumpel!» Er klopfte Kai auf die Schulter, bestellte ihm einen Bananensaft on the rocks und verfiel wieder ins Brüten.

Kai sah Konny an: «Weißt du, dass Kelly geglaubt hatte, ich wäre ein richtiger Graf? Und hätte ein Schloss! Im Ernst!»

Konny sah müde aus und meinte nur: «Und du hast ihr gesagt, dass das alles nicht stimmt?»

Kai nickte. «Natürlich. Ich kann sie doch nicht anlügen.»

«Und kurz darauf kam Tarzan vorbei und Kelly war weg?»

«Genauso war's», nickte Kai.

«Mach dir nichts draus», klopfte ihm Liz auf die Schulter. «Sie war eh nicht die Richtige für dich.»

Dann bestellte sich Liz noch einen «Fools Kiss».

Es dauerte nicht lange, da stand Tarzan neben uns und bestellte einen Kiwi-Saft. So wie es aussah, hatte er Kelly wohl an den nächsten Baumhaus- oder Schlossbesitzer verloren.

«Ob ich mal nach ihr schaue?», fragte Kai.

Konny winkte ab. «Erspar dir das lieber. Kelly langweilt sich bestimmt nicht.»

Hubertus sprang auf, entschuldigte sich und entschwand. Jetzt war ich mit den Liebes-Gescheiterten alleine.

«Hey, nehmt euch das nicht so zu Herzen», versuchte ich zu trösten. «Nächstes Jahr ist wieder ein Schulball.»

«Ich glaube nicht, dass sie so einfach Schluss gemacht hat», schüttelte Konny den Kopf.

«Ich glaube nicht, dass sie so lange damit gewartet hat.»

«Mitgefühl ist unter euch Wissenschaftlern wohl nicht so verbreitet, was?»

«Gibt es in der Sparte einen Nobelpreis?»

Konny schnitt eine Grimasse, wandte sich dann wieder dem Wundenlecken zu. «Aber dass es so völlig unerwartet passiert.»

«Na, so unerwartet war es auch wieder nicht», meinte Kai.

«Was?!»

«Du hast sie eigentlich die meiste Zeit genervt», informierte er Konny. «Sie hat sich immer über deine Lügenge-schichten aufgeregt und darüber, dass du nie zu den Sachen stehst, die du verbockst, sondern dich immer irgendwie rausschwindeln musst.»

«Ach, und woher weißt du das?»

Kai zuckte die Schultern. «Inzwischen weiß das doch wirklich jeder.»

«Stimmt», nickte Liz.

«Ja», stimmte ich auch zu. «Und du solltest erst mal Ludmilla hören, die hat dazu auch 'ne ganze Menge zu sa-gen.»

«Siehst du», meinte Kai und nahm einen kräftigen Schluck Bananensaft.

«Hört mal, es ist eben einfach nicht so leicht, 'ne Bezie-hung am Laufen zu halten. Ihr habt jetzt alle Erfahrungen gemacht, und beim nächsten Mal wird es besser für euch laufen», versuchte ich Trost und Rat zu spenden.

«Und damit kennst du dich aus?», wollte Konny wissen.

«Womit?»

«Na, wie man eine Beziehung am Laufen hält.»

«Wer sitzt hier und heult in seinen Drink? Und wer nicht?»

«Uuuh! Wissenschaftliche Logik.»

Ein lautes Pfeifen ließ uns alle zusammenzucken und für einen Moment still sein.

«Könnt ihr mich alle hören?» Unser Sportlehrer kämpfte mit dem Mikrophon. Den Ohren nach zu urteilen, war er wohl Prinz Charles. «Aus aktuellem Anlass werden wir jetzt noch einen Sonderpreis vergeben: den Sonderpreis für das absurdeste Paar. Hier paart sich Schönheit mit Intelligenz:

Barbie mit ihrem Begleiter, dem berühmten Physiker und Nobelpreisträger: Pierre Curie!»

Was?!

Hubertus und Kelly stiegen Hand in Hand auf die Bühne. Unter Applaus wurden sie gekrönt, und anschließend küssten sie sich sogar noch!

Kai schob mir seinen Bananensaft hin, und Konny hob sein Glas und prostete mir zu: «Willkommen im Club, Marie!»

Ich konnte es nicht fassen: Hubertus und Kelly?! Hubertus hatte mich einfach stehenlassen und ... dafür gibt es doch bestimmt eine Erklärung.

Nein, dafür gab es keine vernünftige Erklärung.

Ich war kurz davor zu heulen.

«Hubertus ist ein Idiot», flüsterte Liz mir zu und schubste mich aufmunternd an.

Ich schluckte. «Allerdings. Ein Vollidiot! Das war's. Ich rede nie wieder ein Wort mit ihm.»

«Na toll», meinte Konny bitter. «Jetzt sind wir alle solo und können wieder ganz von vorn anfangen.»

«Vergiss es», knurrte ich, «Ich schreib eine Liste: ‹1000 Gründe, sich nicht zu verlieben›!»

«Ich helfe dir!», nickte Liz kämpferisch.

«Ich könnte inzwischen auch ein paar Gründe beisteuern», nickte Konny.

Nur Kai strahlte: «Ich find Verlieben klasse!»

«Ach?», rief ich, «das Mädchen, in das du dich verliebt hast, tanzt gerade engumschlungen mit meinem ehemaligen Freund!»

Kai nickte und seufzte: «Ich seh's. Aber Verliebtsein ist trotzdem toll!»

Die Autorin

Wenn man Hortense Ullrichs Familie kennt (zwei Teenager-Töchter, zwei unzähmbare Hunde, ein unerschütterlicher Ehemann), dann wundert man sich nicht, dass es in ihren Büchern drunter und drüber geht. Eventuelle Ähnlichkeiten mit lebenden Personen, besonders Teenagern, sind also nicht «rein zufällig«, sondern chaotische Realität.

Acht Jahre verbrachte Hortense Ullrich mit ihrer Familie in New York, inzwischen lebt sie in Bremen.

Bereits bei rotfuchs von ihr erschienen:

«1000 Gründe, sich ~~nicht~~ zu verlieben» (21236).

«1000 Gründe, ~~nicht~~ zu küssen» (21279).

«1000 Gründe, ~~keinen~~ Liebeskummer zu haben» (21322).

«1000 Gründe, ~~keine~~ Liebesbriefe zu schreiben» (21379).